POLAROIDS DU FRÈRE

GRÉGOIRE DELACOURT

POLAROIDS DU FRÈRE

roman-photo

ALBIN MICHEL

Pour Dana et son beau-frère.

« And what can I tell you my brother, my killer
What can I possibly say ?
I guess that I miss you, I guess I forgive you
I'm glad you stood in my way. »

Leonard Cohen,
« Famous Blue Raincoat » (1971)

PERSONNAGES PRINCIPAUX

Le Corbeau, *papa.*
Mère, *maman.*
Claire, *notre sœur.*
Toi, *mon frère.*
Moi, *ton frère.*

#1. Roubaix, quartiers nord, juillet 2022.

Les mouches.

Précisément des Calliphoridae. Elles peuvent parcourir plusieurs kilomètres pour venir pondre dans une viande.

Cinq cents œufs en à peine trois jours, par lots de soixante-quinze à cent cinquante ; plus la température est élevée, plus l'est la production.

Il faisait 28° C ce jour-là.

Vingt heures après, les asticots sont sortis de leur cocon.

Le lendemain, la température dépassait les 32° C.

Six jours plus tard, après avoir été des nymphes, les mouches se sont envolées de ton corps.

#2. Omar El Ouardi et sa femme, août 2022.

Il me dit ça. Les mouches. Il y en avait des centaines. Elles se cognaient à la fenêtre. Elles faisaient comme un nuage. Puisque la lumière était restée allumée jour et nuit, précise-t-il, j'ai bien pensé que c'était ça et j'ai appelé les pompiers.

Il me dit ça, ton voisin, debout sur la plus haute marche de son perron, pour être à ma hauteur car il est petit ; mais à la façon dont il parle, dont il regarde la rue comme un prince arabe l'étendue de son désert, il semble immense. Derrière lui, plus petite encore, sa femme toute drapée de nuit, dont seuls les yeux sont visibles, hoche doucement la tête et c'est dans cette lenteur que je ressens sa tristesse.

#3. Cambrai, R. à 2 ans.

Avant d'être ce corps décomposé, nauséabond, huileux, tu étais un enfant très beau.

J'ai eu un fils comme toi.

Vous possédiez tous deux cette grâce qui faisait s'arrêter sur vous les gens dans la rue. Ils vous souriaient. Voulaient vous toucher. Cherchaient à se repaître de vous, comme une eucharistie.

#4. New York, été 2022.

Je suis en train d'assembler un puzzle à 5 800 kilomètres de chez toi lorsque Claire m'appelle. Faire un puzzle me permet de faire le vide. De laisser s'estomper les choses qui encombrent ma tête – mon *imagination débordante*, disait Mère.

Claire a une voix fragile, un filet d'eau, et on dirait que sa respiration l'étouffe.

Elle me dit simplement que tu es mort.

Et le mot me mord.

#5. Lawrence Block, 1986.

Il y a « huit millions de façons de mourir », prétendait Lawrence Block. La tienne ne pouvait être que le chagrin.

#6. Quartier Sainte-Élisabeth, Roubaix, été 2022.

Plus tard, quand la sidération cesse d'être une très fine lame qui découpe ma peau, d'être du sel dont on saupoudre mes plaies, je rappelle Claire. Elle ne sait pas. On ne sait pas, dit-elle.

Les pompiers ont cassé la fenêtre du premier pour

éviter que des squatteurs ne s'installent chez toi, t'ont retrouvé dans la salle d'eau. Cela faisait plusieurs jours semble-t-il que tu étais là. C'est un voisin qui a prévenu. À cause des mouches. Et de la lumière restée allumée. La police a dit qu'il valait mieux ne pas voir ton corps. Il est très abîmé, ont-ils insisté. *Abîmé* : détérioré, esquinté, moisi.

De quelle puissance est le chagrin pour ainsi tourmenter un corps ?

#7. New York, été 2022.

Et puis j'ai pensé que j'étais pour quelque chose dans ta mort.

#8. Été 2022.

Claire a retrouvé sa voix.

Elle se demande déjà s'il y aura du monde à la messe car nous sommes au cœur du mois d'août. Qu'une méchante canicule s'est abattue sur le pays. Les gens sont à la mer. Autour des piscines ou des jets d'eau, dans les ombres. Ils caressent leurs corps avec des crèmes qui sentent le monoï ou la noix de coco puis les lustrent parfois à d'autres corps.

L'été et la mort font mauvais ménage.

#9. Cambrai, juillet 1961.

Je ne me souviens pas de ta naissance. Je n'avais pas encore un an quand tu es arrivé.

Tu n'as fait aucun bruit. Il n'y eut aucun cri.

Tu es venu dans le silence et tu es reparti dans le silence.

#10. Aéroport JFK, 13 août 2022.

À la dernière minute, au cœur de l'été, le vol New York-Paris est hors de prix. Il devrait y avoir un tarif décès, comme il y a un tarif senior.

Avec le prix de ce billet, nous aurions pu passer une semaine ensemble en Grèce, au Portugal ou ailleurs, ripailler dans un très bel hôtel, pour nous retrouver ; refaire connaissance.

Quand tu es mort, il y avait près de trente ans que nous ne nous étions ni vus ni parlé.

Trente ans de silence, et je ne me souviens plus du son de ta voix ; d'absence, et je ne me souviens plus de la couleur de tes yeux. Je ne sais pas à quoi ressemble ton visage d'homme. On me dit qu'il s'apparente à celui du Corbeau. On me dit qu'il dessine la même violence, la même résignation. Mais aujourd'hui il est une bouillie.

Trente ans d'océans et de déserts entre nous à cause d'une nuit enténébrée, une tentative d'égorgement. Pourquoi un frère rêve-t-il toujours de la mort d'un frère ? Est-ce si difficile d'être deux ?

#11. G. et R., années 60.

Mère nous habillait identiquement lorsque nous étions enfants, comme si elle voulait qu'on nous confonde.

Comme si elle pressentait qu'il n'en resterait qu'un.

#12. Quartier Sainte-Élisabeth, Roubaix, été 2022.

C'est un mélange désagréable de sulfure, d'ammoniac, de méthane et de chairs en décomposition. Tu te volatilises. Tes exhalaisons fétides imprègnent tout. L'atmosphère. Le bois des placards. Le tissu du fauteuil et des rideaux.

J'ai demandé à Claire de ne pas se rendre chez toi et de m'attendre. Je voulais que ta maison soit nettoyée, les mouches envolées, l'air purifié, avant que nous ne nous y rendions ensemble, elle et moi, que je découvre pour la première fois les pièces où tu vivais, les coins où tu buvais, où tu pleurais et t'égorgeais chaque jour davantage. Mais elle n'a pas pu résister, tels ces automobilistes qui ralentissent aux lieux des accidents en espérant apercevoir un mort, une amputation, une tragédie à raconter. Elle a même filmé l'endroit où était ton corps, la longue traînée de sang, presque une robe carmin posée sur le carrelage, comme si tu n'étais pas seul, qu'une femme t'avait rejoint, s'était pour toi déshabillée, et j'ai pensé qu'il y avait là une indécence de sa part, une cruauté même à vouloir immortaliser ce qui doit s'évaporer, n'être plus qu'un parfum, un nuage, un peu d'hélium, quelques cellules – toi qui pars, qui es parti. Sais-tu qu'elle avait également pris des photographies de Mère morte sur son lit, un autre été de canicule treize ans plus tôt – vite, avant que ne l'escamotent les types des pompes funèbres ? Je me demande bien à quelles occasions elle les reluque.

Je visionne la vidéo qu'elle a réalisée chez toi avec son téléphone. Il y a beaucoup trop de sang.

#13. R. à 7 ans.

Petit, tu te rongeais les ongles au sang. Pour éviter les moqueries, tu rétractais tes doigts comme des griffes pourpres. Tu riais. Puis les dépliais subitement. Tu disais Regarde, je suis un assassin.

C'est toi que tu assassinais.

#14. Roubaix, été 2022.

Je vois la fenêtre cassée par les pompiers au premier étage de ta minuscule maison dans cette rue perlée de minuscules maisons. On dirait un cambriolage et je pense qu'on a tous cambriolé ta vie. Moi le premier.

#15. Roubaix, été 2022.

La salle d'eau, tapie au fond du rez-de-chaussée de ta maisonnée, fait approximativement deux mètres cinquante sur deux. Le sol y est entièrement carrelé et le carrelage grimpe jusqu'à mi-hauteur des murs. Il y a une bonde par terre, au milieu de la pièce dans laquelle sont une douche, un lavabo et un WC. Aussi, lorsque tu t'y douches, tout est trempé.

#16 / La chute – tirage 1.

Tu es tombé.

Ta tête a violemment cogné le rebord du lavabo. Peut-être à l'endroit de l'arcade sourcilière, là où l'on saigne beaucoup – regarde les boxeurs –, ou le nez. Puis, en s'écrasant sur le sol, un autre endroit de ta tête s'est-il fendu, peut-être l'occiput ou l'ethmoïde, laissant le sang se déverser. Une chose est sûre. Tu n'es pas mort tout de suite. Tu as rampé.

#17. Chez R., août 2022.

Je demande à l'un des deux mastards qui ont nettoyé ta maison tandis que je survolais l'Atlantique s'il a vu des choses, et je ne trouve pas d'adjectif à adjoindre à *choses*. Je ne veux pas dire curieuses, ni étranges, ni même inattendues. Il sourit, il a l'habitude. Il plonge ses mains dans l'invisible des intimités, dans les faiblesses et les hontes et leurs effractions leur dessinent des gants. Il me dit juste que l'odeur était très forte, qu'il n'est pas encore parvenu à tout à fait la dissiper malgré plusieurs jours d'ozonisation et que ta maison était très soignée, très bien entretenue. Il me montre sur son portable les photos ahurissantes d'un autre intérieur qu'il vient de vider. Un syndrome de Diogène. Le gars ne tirait même plus sa chasse d'eau, soupire-t-il. Il conservait tout. Absolument tout. Des montagnes de tout. Et il me répète que toi tu prenais bien soin de ta maison.

#18. New York, automne 2024.

Je m'enquiers de ce qu'on cherche à rattraper en écrivant un frère mort. En quoi l'écriture sauve – sauve de quoi. La littérature parfois pue des pieds. Elle prend l'eau. Elle ne retient rien. Elle est juste un soupçon.

#19. Omar El Ouardi et sa femme, 2022.

Ton voisin répond que tu étais sympathique. C'est un mot consternant me semble-t-il pour résumer un homme. Discret, ajoute-t-il. Il disait bonjour.

Sa petite femme voilée s'approche. On dirait qu'elle glisse. Il avait quand même des démons, renchérit-elle, ça se voyait à son regard.

Qu'avaient tes yeux que nous n'avons pas vu ?

#20. Chambre R., 1974.

On a quatorze ans. On passe une après-midi dans ta chambre que Mère vient de refaire au goût de ces pétaradantes années 70 – tissu pop aux murs, moquette vert pomme au sol. On est tous les deux assis sur ton lit, on boit au goulot de la Valstar rouge parce qu'elle est plus forte que la verte, on fume les nouvelles Gallia triple filtre, les clopes que le Corbeau nous a autorisés à griller parce que, croit-il, le triple filtre nous protégera du mal ; Mère, de son côté, est en bas, dans le salon, elle fume avec élégance des Royale Menthol, boit des 1664 en précieuses bouteilles de 25 cl, elle est loin de nous déjà, dans la fumée de son éternel chagrin.

Sur le mange-disque orange et blanc on écoute à fond, vingt fois, trente fois de suite « Fernando », la chanson d'ABBA. On gringote les couplets ; la musique nous frissonne ; on rit ; on tremble ; tu triques sur Frida la brune et moi sur Agnetha la blonde, on rêve de filles, de premiers baisers, de chairs et d'amour, finalement tu fréquenteras des blondes et moi des brunes ; on râle quand vient le refrain qu'on trouve chiqué, on voudrait que les deux couplets empoignants ne s'arrêtent jamais ; nos cœurs battent fort et il me semble que c'est là l'unique fois où ils ont battu pareille mesure, à faire trémuler nos côtes, l'unique fois où nous avons été frères, et depuis, lorsque « Fernando » passe à la radio ou que je l'écoute presque en cachette, comme on regarde la photo d'une fille, me revient cette après-midi-là, me reviennent ces quelques heures d'enfance légère et grave à la fois où ne planait plus l'ombre extraordinaire du Corbeau, où plus rien ne pouvait nous séparer, ni la vie, ni la mort. Nous avions ri ensemble, te rends-tu compte – nous avions donc été vivants ensemble.

Sais-tu que je n'ai jamais su avant que je n'aille enfin les découvrir aujourd'hui ce que racontent les paroles de cette chanson ?

Elles parlent d'amitié, du temps qui a passé, elles parlent de guitare et de tambours, de traversée du Rio Grande ; elles parlent de liberté, de guerre et de mort, elles disent qu'on peut perdre, mais aussi que cela peut ne pas être un regret.

D'avoir perdu.

#21. Étymologie.

Ton prénom signifie « Celui qui gouverne avec sagesse ». Le mien, « Celui qui veille ».

Avec pareilles dispositions, on aurait dû avoir des vies jolies.

#22. 17 août 2022.

Alors qu'elle est morte depuis près de treize ans, j'ai vu Mère le jour de ton enterrement.

Je suis en voiture avec Claire, nous nous dirigeons vers l'église où nous attendent les gars des pompes funèbres, quand soudain je la vois marcher de l'autre côté de la rue. Je l'identifie aussitôt et aussitôt mon cœur s'emballe, mes mains tremblent. Je reconnais sa démarche, élégante encore malgré l'âge, sa coiffure, la couleur blond vénitien de ses cheveux, ses épaules un peu plus voûtées que dans mon souvenir – il y a treize ans que je ne l'ai pas vue –, la façon de rester chic malgré la chaleur, le chapeau qu'elle tient à la main, elle a toujours tenu à porter un chapeau aux enterrements, comme aux mariages d'ailleurs ; mes yeux piquent, du mercure sourd, les deux syllabes immémoriales de l'amour des fils vont franchir mes lèvres, *maman*, mais soudain, par la vitre baissée, Claire crie le prénom de ta marraine, la sœur jumelle de notre mère ; son visage se tourne vers nous, c'est Mère, je te le jure, c'est elle, c'est la même, crois-moi, la même. Il y a treize ans, Dieu s'est trompé.

#23. Église Saint-Martin, été 2022.

Les livres sont des pierres tombales. Ils portent le patronyme des disparus. Mais les vents et les tempêtes effacent les noms, et les hommes abattent les mausolées comme ils le font avec les arbres. Vois tes funérailles. Regarde. Nous sommes sept dans l'église, de part et d'autre du cercueil que Claire a choisi, avec le même soin qu'elle t'aurait choisi un costume d'excellente facture pour que tu sois très beau. C'est important pour elle, les poignées brillantes, la plaque dorée sur laquelle est gravé ton nom, la qualité du chêne massif rainuré, la finition vernis satiné ; elle pense que ce n'est pas parce que tu as vécu dans la misère que tu dois être un mort misérable. C'est une façon pour elle d'être une bonne sœur.

Il y a là ta marraine, quatre cousins, Claire et moi. La chorale des bénévoles est plus nombreuse que nous. Ils chantent les motets et les cantiques que notre sœur a choisis pour toi ; j'avais suggéré l'*Ave Maria* de Caccini, mais elle l'a jugé trop long, il fait un peu plus de cinq minutes et j'avais pensé que tu avais désormais tout le temps. Un cousin lit l'inévitable poème de Péguy, inspiré par saint Augustin, lequel prétend que « la mort n'est rien » – *foutaises !* La mort est violence, elle est rougeoiements et brûlures, elle est mutilation, avilissement, elle est abîme, elle est privation et déficit. Elle est une chienne, elle t'a sauté à la gorge, t'a fait chuter, t'a mordu au sang.

Il y avait trop de sang par terre, là où tu es mort.

Après la messe, nous marchons derrière toi jusqu'au cimetière. Tu vas être enterré dans le caveau où repose Mère ; des vandales ont d'ailleurs brisé la stèle de marbre. Il fait très chaud. Les fleurs s'épuisent déjà. Personne ne pleure. Un autre cousin chante *a cappella* des mots qui parlent de l'âme, de Dieu et du paradis, et je me dis que ces bondieuseries t'auraient furieusement agacé, que tu aurais préféré qu'on picole tous un coup, un bon coup, et qu'on te dise au revoir comme si on allait vraiment se revoir – mais on ne sait plus mentir correctement.

Et puis les cousins ont disparu, on s'est retrouvés avec ta marraine chez Claire et les choses sont parties en sucette.

PREMIER ALBUM

#24. NYC, automne 2024.

Je ne savais pas ce qu'est la mort d'un frère, je n'avais que toi ; Mère n'avait que des sœurs et le Corbeau est mort avant son jeune frère, je n'ai donc pas, dans l'hypothèse où son frère serait décédé avant lui, pu mesurer son effroi, *ou sa joie*. Je n'ai pas ressenti d'effroi à l'annonce de ta mort. De la sidération, oui – je l'ai dit. Mais je ne me suis pas senti amputé. Il n'y a pas de membre fantôme de toi en moi, juste un fantôme dorénavant. Et, contrairement à ce que certains disent éprouver, ce n'est pas le vide qui s'est installé en moi depuis ta disparition il y a deux ans, c'est le trop-plein.

Voilà que tu ne cesses de grandir sous ma peau, et dans mes veines ne coulent plus seulement le sang de mes mots d'écrivain, mais aussi l'encre de ton histoire trouée, fragmentaire, contours flous, lambeaux. Mon écriture, impérieuse, s'ingénie dorénavant comme une source à serpenter sous les pierres de la mémoire et dans le souvenir des chairs pour tenter de te rejoindre. Mais écrire, c'est mentir. C'est choisir des mots plus beaux que ce qu'ils disent. C'est faire danser des cadavres et rire des bouches évidées, ce qui relève de l'hallucination. Mais n'est-ce pas cela aussi, écrire – halluciner, divaguer et éblouir ?

Je veux faire de toi l'homme d'un livre comme on fait l'enfant d'une guerre.

#25. Juillet 1961.

Le Corbeau n'avait pas besoin d'un second fils.

Il en avait voulu un pour être un père, pour l'illusion de la survivance à soi-même.

Tu as bousculé ses plans.

#26. Été 61.

Crois-tu que la violence muette qui s'est installée entre nos parents, sans cesse amplifiée pendant deux décennies, puisse venir de là ? Car enfin, tu es né moins d'un an après moi, ce que l'on peut raisonnablement envisager comme un accident – malgré des fouilles très méticuleuses, je n'ai jamais trouvé de préservatifs chez nous et la pilule n'est arrivée qu'en 1967.

Ainsi ton fardeau d'épines viendrait en outre du fait

que tu aurais été un accident, c'est-à-dire, dès le départ, accidenté.

#27. Un rosier Pierre de Ronsard.

Il y avait un jardin à l'arrière de notre grande maison – as-tu remarqué que nous n'en avons jamais parlé comme de notre *maison d'enfance*, sans doute parce qu'elle y fut dilacérée ?

Il était composé de deux rectangles en enfilade : le premier, carrelé comme une terrasse, avec sur le grand mur mitoyen un fabuleux rosier grimpant qui était la fierté de Mère, elle disait *il est ma joie,* et le second, un sol de caillasses et, au pied de chaque mur, une bande chiche de gazon. Il ne me revient pas que nous nous y soyons jamais allongés, ou que nous y ayons jamais joué avec un ballon, compté les étoiles. Nous n'étions pas des enfants de jardins, de parcs ou de campagnes, pommettes rougeaudes, cheveux ébouriffés, mais des gamins de chambres, de solitude et de plafonds. Peut-être tiens-tu de cette période ta capacité à avoir supporté d'être aussi seul les soixante et un ans qu'aura duré ta mélancolie.

Tu lisais peu, je lisais beaucoup, et lorsque Mère t'avait un soir demandé ce que tu avais *fabriqué* toute la journée dans ta chambre, tu avais haussé les épaules et répondu Rien. Mais on ne peut pas ne rien faire !

avait-elle protesté. Tu avais donc dit J'ai regardé les ombres sur les murs, il y avait un tigre, une caravelle et un arc, et c'est elle qui avait alors haussé les épaules et lâché, vaincue, Bon, mettez la table, les garçons. Ce que tu décrivais s'appelle des paréidolies. C'est un mot que je trouve magnifique et que j'aime placer dans mes livres, puisqu'il réinstalle ta présence.

#28. Paris, août 2022.

Quand je leur ai annoncé ta mort, mes enfants n'ont rien dit. Ils m'ont juste observé, ont cherché à mesurer ma peine. Deux des quatre ne te connaissaient pas et les deux autres si peu.

Quand ils ont vu que je ne pleurais pas, ils n'ont pas pleuré.

Quand ils ont entendu que je n'en parlais pas, ils n'en ont pas parlé.

J'ai les larmes muettes. Et certains mots invisibles.

#29. À Brooklyn, automne 2024.

Beaucoup de choses du temps de notre jeunesse sont encore pour moi nébuleuses et donc difficiles à représenter car, ainsi que tu le sais, mon enfance comme la tienne ont été sérieusement concassées et le cerveau, qui est un organe tout à fait remarquable, possède cette capacité de couler une chape de plomb sur les ignominies qui nous ont été faites pour que nous puissions continuer à vivre, respirer, observer un ciel bleu et penser qu'on pourrait y planer, allégés de nos pierres. Mais tu le sais également tout aussi bien que moi, la résistance du plomb faiblit avec le temps, certaines substances l'attaquent – je pense aux solutions aqueuses de soude et de potasse mais aussi, en ce qui nous concerne, aux douleurs chroniques, aux troubles anxieux et autres symptômes somatiques –, alors il se fissure, et ce qu'on ignorait de notre effarante douleur se met à nous ronger.

Je crois aujourd'hui que ta chape de plomb s'est fissurée à la fin de ton enfance, à l'aube de ta vie d'adulte précisément, et que la mienne a tenu pendant plus de cinquante ans, avant de me péter à la gueule à mon tour.

On sait, toi et moi, où sont les sources de nos rivières.

#30. La Baule, juillet 1969.

Tu avais un sourire qui nous donnait envie de sourire avec toi. Un visage de douceur dont je n'ai trouvé l'équivalent que dans certains portraits de Raphaël. Les tantes et les cousins te préféraient secrètement à moi. Tu étais doux, tu ne détestais pas l'ombre. Moi, je me prenais pour un soleil parce que le Corbeau m'avait fait croire que j'en étais un, alors je brûlais les autres, mais les autres, on le sait, aiment la douceur, les vents tièdes, les eaux calmes, ainsi qu'une forme de silence.

#31. Conjugaison.

J'irradiais.
Tu es radié.

#32. Noël, Bonne, 1968 ou 69.

C'est le repas de Noël chez notre grand-mère maternelle. On l'appelle Bonne, ce qui nous fait sourire car ce n'est pas exactement le qualificatif qui viendrait immédiatement à l'esprit en l'observant.

Le repas est interminable. Les cousins et nous sommes en bout de table et, soudain, alors que Bonne est partie un instant à la cuisine, tu vas t'accroupir près de sa chaise, tu poses ta tête sur l'assise et m'adresses un sourire malicieux. Quand l'aïeule revient, elle s'assied, t'écrase la tronche, il me semble que tu tiens bon, mais voilà que tu te mords les lèvres, que ton sang rougit fortement tes joues, tu sembles étouffer, ton couinement ne passe pas le mur des bavardages des adultes, des bruits des couverts, des porcelaines cognées, ta petite main s'agrippe à sa robe, tu tires dessus, tapes, tapes comme un catcheur qui rend les armes, et voilà qu'elle sursaute, se relève, faussement contrite, Oh, je ne t'avais pas vu ! Mère, furieuse, te lance Mais qu'est-ce qui t'a pris, enfin, ça ne va pas ?, et tu viens nous rejoindre en te frottant la joue, penaud, au milieu de nos fous rires d'enfants. Je crois que tu étais quelqu'un d'extrêmement drôle – n'auraient été tes démons.

#33. Femmes à poil, vers 1975.

La messe. Pour nous deux, le dimanche matin avec le Corbeau à Saint-Géry. Pour Claire, le samedi soir avec Mère à l'église Notre-Dame-de-Grâce.

Nos parents faisaient prière à part.

Au moment de la quête – la première pour l'église, la seconde pour l'évêché –, le Corbeau nous donnait à chacun une pièce d'un franc et une autre de vingt centimes. Le franc était pour la paroisse, les centimes pour le diocèse. Tu m'avais astucieusement convaincu de substituer à ces deux pièces des pièces de bien moindre valeur et, par un tour fastoche de passe-passe auquel le Corbeau n'y voyait que dalle, nous déposions dans les paniers d'osier deux pièces de dix centimes et gardions le franc vingt. En un an nous levions ainsi un trésor de cinquante-deux francs chacun – soit mille quarante Carambar ou Roudoudous, tu adorais les rouges, moi les verts, ou cent quatre Mars, tu préférais les Bounty, ou plus tard, vingt paquets de Gallia ou cinq revues sous blister achetées à la hâte, le cœur tambourinant, les joues brûlantes, à la gare, dans l'anonymité des voyageurs.

Nous filions alors sur nos vélos rejoindre nos cousins à la campagne et là, planqués dans les hautes herbes, lointaines odeurs de purin, de colza parfois, de foins coupés, nous regardions les filles de papier en fumant, en imaginant cent obscénités, le souffle court, sans un mot, dans le froissement du vent, extatiques, les bites gonflées et douloureuses.

On aura toujours du mal avec les filles, toi et moi.

#34. Yvette, vers 1961.

Mère avait vingt-deux ans lorsque je suis né, vingt-deux ans encore lorsqu'elle tomba enceinte de toi – c'est amusant d'ailleurs ce *tomber enceinte*, comme on *tombe amoureux*, pourquoi ne parle-t-on jamais de s'élever ? –, et elle eut besoin d'aide.

Voici Yvette.

Yvette a seize ans lorsqu'elle entre à la maison pour s'occuper de moi, puis de toi, dans quelques mois. C'est une jeune fille de la campagne qui a vu des cochons se faire zigouiller au canif à lame pointue, tripailles dégoulinantes et fumeuses, les soies ôtées avant d'être bouclées, qui a entendu les couennes craqueler sous les flammes, vu des vaches vêler, qui connaît les odeurs du sang et du fumier ainsi que le parfum léger des primevères, une jeune fille solide que peu de choses intimidaient. Sauf votre maman, m'a-t-elle avoué il y a peu, lorsque je l'ai retrouvée. Elle était si jeune, m'a-t-elle expliqué, et déjà si élégante.

Il est vrai, souviens-toi, que Mère avait une façon très particulière de fumer : la cigarette fragilement maintenue entre ses doigts, le poignet cassé à la hauteur de son visage, la fumée comme une voilette de mariage qui dissimulait pour un instant son visage, l'anse du sac parfois dans le pli du coude ; il se dégageait alors d'elle un certain panache – pense à Deneuve dans *Belle de jour*.

Un jour, a poursuivi Yvette, je lui ai demandé de m'apprendre à fumer *comme elle*, et elle l'a fait. Elle m'offrait ses cigarettes, c'étaient des Royale, et lorsqu'on en grillait une ensemble, elle me racontait ses chagrins et je n'aurais jamais pensé qu'une personne aussi jeune, aussi jolie que votre maman puisse déjà porter tant de misères.

Tu vois, nous sommes sortis d'un ventre de larmes.

Plus tard, lorsque je lui ai demandé quel enfant tu étais, Yvette m'a répondu ceci : Tourmenté.

Mais peut-être Yvette a-t-elle la mémoire qui flanche et voilà qu'elle nous confond.

#35. Collège Notre-Dame, 1970.

Cela dit, une cousine de cousine que j'ai contactée m'a appris qu'en classe de CM 1, assis derrière elle, tu lui piquais le dos avec la pointe de ton compas. Elle te trouvait méchant.

Je ne crois pas que tu aies jamais été méchant. Je crois que tu cherchais déjà un langage.

#36. Mère, 2010 ?

C'est toi qui, après sa mort, as appelé maman Mère. Il y a une sorte d'adulation et de déférence dans ce vocable que je trouve très belles – et qui la rendent plus précieuse encore.

#37. Cambrai, années 60.

Je l'ai dit, ces lointaines années sont embruinées. De cette époque il me faut les quelques photographies qui ont échappé à la fureur et au feu du Corbeau ainsi que les souvenirs écorchés de quelques survivants pour avoir l'impression de les avoir vécues. Avec le temps, des images surgissent, peu de rires, quelques bousculades, des cris, des objets qui volent, et je me demande si nous n'étions pas clandestinement jaloux l'un de l'autre car enfin, les bras d'une mère ne sont faits que pour un enfant – regarde ces descentes de croix, chez Rubens ou Poussin. Il faut souvent beaucoup de monde pour porter un seul fils.

C'est à ta naissance que le Corbeau me prit sous son aile ; dès lors il y aura deux entités. Mère et toi. Le Corbeau et moi. Nous serons des jouets, des projectiles dans leur guerre. Nous finirons deux frères estropiés.

Et l'arrivée de Claire est venue tout percuter.

#38. Saint-Germain-des-Prés, juin 2024.

Récemment, j'ai croisé une femme dans un salon du livre et figure-toi que je l'ai aussitôt reconnue, moi qui suis si calamiteux physionomiste, alors que je ne l'avais pas revue depuis un demi-siècle. Nous étions sortis ensemble en Angleterre où Mère nous avait envoyés toi et moi, en duo pour la première fois, l'été où Sheller chantait « Dans un vieux rock'n'roll » et Souchon, « S'asseoir par terre ». Je dois t'avouer, mais j'imagine que tu t'en étais rendu compte, que j'avais usé de mille charmes, mille ruses adolescentes pour coucher avec elle, retrouver l'ivresse de ma première fois l'été précédent, toujours en Angleterre, mais il faut croire que j'étais une bien piètre promesse puisqu'elle tint bon et ne me permit pas d'aller plus loin qu'un vigoureux pelotage – sous son chemisier, il est vrai. Et voilà qu'après avoir échangé quelques nouvelles de nos vies, je lui appris que tu étais mort. Elle baissa alors délicatement son joli visage sur lequel les rides traçaient désormais une petite géographie du bonheur et, dans le silence qui s'ensuivit, je suppose qu'elle te rejoignit là-bas, à Barnstaple, l'été de nos quinze ans, ton grand corps de guingois, ton rire haut, ton alcool joyeux, ton humour brillant, ton charme fou ; puis ses yeux accrochèrent les miens, ses yeux furtivement moroses, et elle me murmura, comme une défaite, Ça ne m'étonne pas, il se brûlait.

Tu te brûlais. Mais qui avait allumé l'incendie ?

#39. Un Grégoire, vers 1985.

Je dois te dire, pour la petite histoire, que la femme ci-dessus a plus tard donné à son fils mon prénom.

#40. New York, octobre 2024.

C'est ton prénom que je voudrais donner à ce livre.

C'est le silence autour de toi que je cherche à chambarder ; gaver de mots et d'images l'épouvante de l'effacement, jusqu'à effacer le mot « effacement » lui-même, car on dit que si un mot n'existe pas, la chose qu'il représente n'existe pas non plus.

Toutefois, il est curieux de constater qu'il n'existe pas de mot pour définir un frère qui a perdu son frère ; et je t'ai perdu. Alors les hommes font des livres à leurs frères morts comme on érige des mémoriaux aux inconnus dans les villages pour retenir leurs cendres.

La littérature est un vaste cimetière et j'y pioche ta place.

#41. Saint-Idesbald (Belgique), juillet 1970.

Nous avons traversé l'enfance ensemble mais nous y avons cheminé séparément. Mère m'inscrivit aux louveteaux sans toi, au judo sans toi, à l'escrime sans toi ; l'été, elle m'envoyait seul rejoindre une école d'escalade en montagne ou des colonies campagnardes pour y jouer au petit fermier et Dieu sait que je détestais ça ; nous avons été si peu ensemble hormis cet été anglais et quelques autres, dans des villas de bord de mer que louait Bonne et où nous croisions les cousins, où nos mères, sans leurs maris, fumaient et buvaient sans cesse des Campari dans l'ombre des pins d'un jardin à La Baule ou la fraîcheur d'une véranda à Saint-Idesbald ; elles nous chassaient comme des mouches à l'instant même où nous nous approchions pour quémander un goûter, un tour à la plage, une balade en rosalie, Filez, filez, lançaient-elles, débrouillez-vous les garçons, nous aussi nous sommes en vacances ; elles étaient belles, elles avaient la peau cuivrée et le soir, de notre chambre, nous les entendions rire d'un rire inconnu, léger et gourmand à la fois ; parfois, au matin, elles avaient les yeux rougis, les cheveux emmêlés, un air béat, elles semblaient avoir vingt ans et je crois que nous ne les avons jamais vues aussi enchantées.

Je n'ai pas de souvenirs de châteaux de sable avec toi, de parties de billes ni d'osselets. Je me rappelle qu'au soleil ta peau brunissait vite quand la mienne carbonisait. Je ne sais même pas quel parfum de glace tu aimais.

#42. Cambrai, 1974.

Un été, nous avons eu des mobylettes. J'avais choisi une Motobécane deux temps, toi une Amigo Honda quatre temps. Ce choix de motorisation nous distinguait. Je voulais aller vite. Tu voulais aller loin.

#43. Rue Pilette, avril 75.

Et voilà que, quelques mois avant que tu aies quatorze ans et donc le droit de conduire ton Amigo, tu es assis derrière moi sur ma Motobec à embrayage Dimoby. Je fonce et tu cries Plus vite, plus vite ! Mais dans la rue Pilette où la pente permet la plus grande vitesse, quelqu'un sort de sa voiture et je ne peux éviter la portière, l'engin se couche et nous glissons avec lui, ressentons aussitôt une brûlure sur nos jambes restées sous la meule ainsi que sur nos épaules qui râpent méchamment l'asphalte. L'homme se précipite alors que nous nous relevons déjà. Le rassurons. Un clignotant est cassé, la pédale tordue et le plastique de la poignée arraché. J'ai du mal à redémarrer, nous enfourchons de nouveau la machine, rentrons, et tu te remets à crier Fonce, fonce ! Nous n'avons jamais parlé de cet accident ni à Mère ni au Corbeau, nous nous sommes nettoyés, soignés, éther et tulle gras Lumière, avons jeté nos pantalons déchirés, et il me semble que ce fut là notre premier et dernier mensonge ensemble, premier et dernier secret, et que si la vie nous avait donné de pouvoir trimarder tous les deux, nous aurions pu être de redoutables et magnifiques complices.

#16 / La chute – tirage 2.

Tu tombes – as-tu noté la confondante homonymie avec *tombe* ?

Il fait une chaleur caniculaire, tu es pieds nus, tu glisses sur le carrelage humide de ta salle d'eau, ta tête part en avant, ton menton puis ton nez s'écrabouillent sur le sol ; en claquant, tes mâchoires sectionnent ta langue, tu graillonnes aussitôt énormément de sang, tout se met à tourner autour de toi, tu rampes pour rejoindre le salon où est ton téléphone, tu cries, ta langue, comme un morceau de viande, se coince dans la trachée, tu étouffes, rampes encore, essaies de te redresser, mais tu patines dans le poisseux carmin, tu plonges tes doigts au fond de ta gorge, dégager ce putain de morceau de viande, l'air te manque comme à un noyé, tu suffoques, à quoi penses-tu en dernier ?

#44. Décembre 1965.

Claire est arrivée et il nous avait alors semblé que les murs de la maison s'étaient poussés pour lui faire de la place comme s'étaient baissés jusqu'à terre les châtaigniers de Daudet pour caresser la petite chèvre de Seguin. Mère était très belle, j'en tiens pour preuve une photographie, sa fille dans les bras, sur laquelle elle me fait penser à *La Petite Madone Cowper*, le tableau florentin de Raphaël ; elle avait vingt-sept ans et à l'esquisse de son visage de vingt ans se substituait désormais celui d'une femme épanouie.

Lorsqu'elle rentra de la maternité, on installa notre sœur dans la plus grande et la plus belle chambre, celle qui possédait un balcon à l'instar de celles des princesses.

Le temps qu'elle et Mère furent à la maternité, j'étais devenu un petit garçon dont le papa s'était servi du corps pour son plaisir.

#45. À la table de travail, New York, 2021.

J'ai écrit un livre sur cette tragédie ordinaire – as-tu remarqué que tu es mort neuf mois après sa parution ?

Neuf mois n'est pas toujours le temps d'une naissance.

#46. Cambrai, 1945. L'appartement de Bonne.

J'ai beaucoup aimé Claire ; elle fut même mon amie d'enfance malgré nos cinq ans d'écart, et elle le resta peu ou prou jusqu'à ta chute.

Pour elle, j'étais le *grand frère* alors que pour toi je n'étais grand que de quelques mois, finalement pas si impressionnant que cela, très vite d'ailleurs, tu fus plus formidable que moi, plus fort que moi, plus grand que moi ; j'ai découvert sur ton ultime carte d'identité – remarque au passage comme ton visage y apparaît dur, douloureux, violenté, on dirait que le masque mortuaire du Corbeau cherche à y boulotter le tien, prendre sa place, une sorte de morphing affreux – que tu mesurais un mètre quatre-vingt-onze. C'est exactement la taille que faisait notre grand-père maternel, un grand gaillard maigrichon, néanmoins très élégant, une sculpture de Giacometti. Il était ingénieur, dessinait des machines-outils aux Ateliers mécaniques de Valenciennes, et lorsque la Seconde Guerre mondiale éclata, il fut fait prisonnier, envoyé en Allemagne pour y fabriquer des chaînes de production de mortiers Granatwerfer 42 et de Nebelwerfer 35 lanceurs de munitions chimiques, pour les Fallschirmjäger – les redoutables « Diables verts ». Il fut libéré quatre ans plus tard, en 45, passa quelques semaines de convalescence à l'hôpital du Mont des Oiseaux à Hyères, avant de rentrer dans le Nord retrouver sa femme et ses trois filles, dont notre mère et sa jumelle. Figure-toi, et je le tiens de Mère elle-même, que les filles s'étaient faites toutes belles pour l'accueillir, elles attendaient en frétillant ce père, ce héros, qu'elles ne connaissaient pas sauf au travers de quelques photographies et des histoires que leur brossait Bonne, et voilà que lorsqu'il arrive enfin, qu'il pénètre dans leur appartement de la rue de Tourcoing où elles ont dressé une joyeuse banderole de bienvenue, il ne les reconnaît pas, passe à côté d'elles sans même les considérer, embrasse furtivement sa femme et va s'asseoir au salon dans *son* fauteuil, déjà épuisé. Il avait juste trente-cinq ans.

M'étaient revenues, lorsqu'elle m'avait raconté cela, les images sur le tarmac de Villacoublay du journaliste Jean-Paul Kauffmann qui rentre de trois ans de captivité au Liban sous la férule du Djihad islamiste : son fils est là, adolescent pataud tout juste éclos, qui se précipite vers lui, mais l'ex-otage ne le reconnaît pas, le repousse presque – même les marsupiaux reconnaissent leurs petits –, c'est une image terrible, et c'est alors que j'ai compris le chagrin immense qui a dû cogner Mère lorsqu'elle n'a pas été reconnue et qui, sa vie durant, l'a rendue quelque peu craintive, car enfin, comment quelqu'un censé vous aimer absolument peut-il ne pas vous remettre, cela fait de vous un infrahumain, une chiure, et je comprends maintenant les immenses détresses qui t'ont embouti chaque fois que toi non plus tu n'as pas été reconnu ni embrassé – j'ai pensé qu'on pouvait mourir de ce chagrin-là et je continue à croire que tu es aussi mort à cause de mon aveuglement.

J'en reviens à cette alliance tacite entre Claire et moi.

Elle t'excluait, à moins que tu ne te sois délibérément mis en retrait de nous. Je crois que l'apprivoisement de ta solitude a commencé là, que c'est à partir de ce moment-là que tu as entrepris de rester dans ta chambre, d'y lire les paréidolies qui dansaient sur les murs, de t'y occuper avec trois fois rien, un gros caillou du jardin était une voiture, ou une balle, et ce qu'on prenait chez toi pour de la douceur était sans doute déjà une néantisation, une élimination, même si ultérieurement nous avons partagé quelques jolies choses, toi et moi, comme le détournement de l'argent de la quête dominicale, les tirs de carabine à plomb sur quelques oiseaux et les chats du quartier – te souviens-tu de cet horrible matou des Courtin qui avait bondi en criant lorsqu'un plomb à tête pointue l'avait atteint au grasset –, ou chanté les couplets poignants de « Fernando ».

#47. Pensionnat à Amiens, septembre 1970.

Tu avais de bonnes notes en classe, assez en tout cas pour que personne ne se tracasse de savoir si un bel avenir ou non t'attendait. Le Corbeau aurait aimé que je fasse du droit, comme il en avait fait lui-même, ah l'imbécillité des pères à vouloir se reproduire ; pour toi je ne sais pas ce qu'il aurait voulu, il parlait si peu de toi. Puis, vers la quatrième ou la troisième, tes notes ont commencé à fluctuer, suffisamment pour qu'il soit décidé de t'envoyer un an ou deux en pension, insuffisamment cependant pour que l'on cherche à comprendre l'origine de ce déséquilibre, et c'est cette incuriosité criminelle des adultes qui a laissé le mal te gangréner jusqu'à ta dégringolade dans une petite salle d'eau cafardeuse.

On m'avait, moi, envoyé en pension à l'âge de dix ans. J'entrais alors en sixième et je ne t'ai jamais parlé de cette honte, j'étais là-bas le petit, le minus, puisque j'avais un an d'avance et que la plupart des *penstos* étaient redoublants, avaient plutôt douze ans, souvent huit ou dix centimètres de plus que moi et parfois autant de kilos supplémentaires, certains avec déjà une ombre de moustache, une pomme d'Adam saillante, de larges mains qui baffaient allègrement, j'étais leur chien, leur Schmürz, et lorsque je rentrais le samedi après-midi, je réprimais mon déshonneur, vous narrais à Claire et toi de fabuleuses amitiés fantômes, me dessinais une petite légende de roi, et quand venait la nuit, dans ma nouvelle chambre au grenier, loin du Corbeau, j'étouffais mes sanglots sous l'oreiller, je rêvais de mourir, et vouloir mourir à dix ans est quelque chose qu'on n'oublie pas, une possibilité à jamais gravée en soi, et je sais que tu le sais – après ta mort, j'ai découvert dans ton dossier médical tes trois tentatives d'autolyse, j'ai même eu un sourire fugace en pensant que, même disparu, tu m'apprenais encore un mot.

L'enfance nous a séparés comme le bon grain de l'ivraie, et selon qui nous aimait nous étions ou l'un ou l'autre.

Le poison ou la joie.

#48. Spleen à Brooklyn.

Il y a toutefois en nous une splendeur qui ne peut pas être intimidée.

#49. Ferrari et Aston Martin, années 70-75

Quand je ne passais pas les week-ends au pensionnat, retenu pour vol d'hosties à la sacristie, désobéissances diverses, notes calamiteuses, auprès des curetons dont je partageais alors la vie jésuitique – et je peux te dire qu'entre eux ils s'en donnaient à cœur joie, vin de messe au litre, bouffetance de prince et vocables canailles –, je rentrais à la maison où, finalement, nous nous fréquentions assez peu.

J'arrivais à la gare dans l'après-midi du samedi, courais jusqu'à chez nous pour suivre *Samedi est à vous*, animé par Bernard Golay ; j'aimais bien *Les Mystères de l'Ouest* mais surtout *Amicalement vôtre.* J'en adorais le générique, la Dino 246 GT rouge orangé, la DB6 jaune orangé, les filles embrassées, et quand la musique du générique retentissait, tu venais parfois me rejoindre, tu t'asseyais à côté de moi sur le canapé et, sans rien dire, tu regardais les images du résumé de l'enfance de Danny Wilde et de Brett Sinclair, puis leur ascension, leur réussite, deux gars, comme deux frères, deux doigts de la main ; c'est bien des années plus tard que j'ai compris que tu rêvais alors pour nous, un jour, adultes, d'une semblable indestructible fraternité.

Mais ce n'est pas arrivé.

#50. Cambrai, années 75.

Tu es donc resté avec eux et le Corbeau a commencé à te lacérer à ton tour.

Te forer le ventre.

Tu es resté avec Claire mais Claire était la princesse de Mère, son pays, sa lumière ; elle était aussi mon amie.

Tu es resté seul et les ombres ont grandi et le Corbeau, dans cette obscurité alliée, cette lâcheté obscure, a poursuivi sa dévoration.

#51. Cinéma Novéac, devenu le Rex, fin des années 70.

Si tu as appelé maman Mère, c'est moi qui ai sobriqué papa du nom de Corbeau. L'idée m'en est venue après avoir vu le film de Carlos Saura en 1976, dont le titre *Cria cuervos* est le début d'un proverbe espagnol : « *Cria cuervos y te sacarán los ojos* » – littéralement « Élève des corbeaux, ils te crèveront les yeux ». J'aimais cette idée que le mal qu'on fait vous pète inéluctablement un jour à la gueule.

Cela dit, et c'est quelque chose qui me hante depuis le livre dont je t'ai parlé, je me demande si le Corbeau n'a pas eu lui aussi son corvidé.

Rappelle-toi qu'entre sept et onze ans, il a passé les années de guerre en zone libre, seul avec sa mère, dans une ferme aux alentours de Montaigut-en-Combraille, et qu'il y avait là de sacrés mectons, des esseulés au milieu de leurs chèvres et de leurs moutons qui s'en retournaient de temps à autre à la ferme, faméliques, empressés et pas trop regardants parce que entre une biquette, une fille ou un gamin, un trou c'était un trou. Penses-y car cela expliquerait bien des choses et, à défaut de les rendre acceptables, ouvrirait la possibilité d'imaginer que le mal qui nous a été fait n'était pas dirigé contre nous, que nous ne sommes pas des *mauvaises personnes*, mais pour des raisons différentes – une fatalité triste qui aurait pu s'abattre sur d'autres que nous. Il s'avère que nous étions juste là : des viandes facilement disponibles.

#52. Frederico Rabelo à New York, mars 2020.

Beaucoup plus tard, alors que je vivais déjà à New York et que je venais de terminer d'écrire le livre dont je t'ai parlé, j'ai eu envie de le transcrire sur ma peau. Je venais de découvrir le fabuleux travail du tatoueur brésilien Frederico Rabelo, son trait d'encre digne d'un Albrecht Dürer, d'un Urs Graf, et même de quelques sanguines de Vinci, et je voulais qu'il trace mon histoire de la façon suivante. Sur la poitrine et l'épaule gauche, un corbeau dont les plumes de la queue descendent sur mon biceps, les plumes se transforment alors en robe de femme qui semble plonger, sa chevelure noire se fond en encre irriguant un stylo-plume qui vient se poser sur l'intérieur de mon avant-bras, ainsi, lorsque je relèverais les manches de ma chemise, on ne verrait que la plume d'un stylo. J'avais même envoyé un croquis à Rabelo qui avait trouvé fort excitant le projet, mais voilà qu'une pandémie fit s'emmurer les hommes et rétrécir les rêves. Le temps a passé, ma peau s'est flétrie, des fissures sont apparues, qui racontent une autre histoire, je n'ai donc pas fait réaliser ce tatouage mais ma chair porte toujours en elle cette souillure. Avais-tu des tatouages ? Parcheminé ta peau de ton odyssée ? T'es-tu scarifié ? As-tu été caressé ? Ta peau a-t-elle été embrassée, léchée, aimée ?

Je ne sais rien. Tu n'as pas été autopsié. Tu as été effacé.

#53. Croix, été 2009.

Dans l'appartement de Mère après son décès, j'ai retrouvé une gouache que tu avais faite à main levée sur un quart-raisin, quelque chose d'abstrait, un cœur peut-être, sur un fond outremer ; elle possédait une vraie vibration, presque un battement, c'est ce qui en faisait toute la flagrante beauté. Elle était bien plus touchante que la demi-douzaine que je lui avais peinte car on m'avait dit que je partageais aussi ce talent-là – *l'art*. Je n'ai retrouvé aucune de mes peintures dans l'appartement. La tienne par contre était joliment encadrée d'une fine baguette rouge et j'avais pensé au ruban amarante que s'était cousu Ugolin sur le cœur dans *Manon des sources*. Mère ne le disait pas, mais elle t'aimait.

Ta gouache est là, maintenant, sur l'un des murs de mon bureau. Elle est la seule chose vivante de toi que je possède.

#54. Saint-Saulve (Nord). 1972.

Dans la campagne où résidaient les cousins, non loin de leur lotissement, il y avait un champ en pente. On aimait le prendre à fond à vélo et on se cassait souvent la gueule à l'arrivée. Toi, tu préférais t'allonger sur le sol perpendiculairement à l'escarpement et rouler sur toi-même jusqu'en bas, et tu riais, et tu riais, et ton rire était incroyable, beau ; une brassée d'étoiles. Lorsque tu te relevais, tu dansais.

#55. Chambre du grenier, 1975.

Au pensionnat, un grand m'avait parlé du trichloréthylène. Tu en imbibes un mouchoir, généreusement car c'est très volatil, tu portes le mouchoir à ton nez, tu inhales profondément, assez vite ta tête tourne, ton corps s'alourdit et s'allège à la fois, c'est très curieux, extrêmement agréable ; tu inspires de nouveau, au besoin tu reverses du trichlo, il faut que ça t'arrache la tronche, et tu bascules. Je ne te l'ai jamais dit, mais je l'ai fait longtemps. Je m'enfermais dans la chambre du grenier et sniffais jusqu'à tomber dans les pommes, presque au ralenti. Je me pissais dessus. Je m'en foutais. J'adorais ça. Impression de m'évader. De m'envoler, en fait. Toi, pour t'envoler, ça a été plus tard la drogue, mais pas longtemps. Et puis ça a été l'alcool. Rapide, bon marché, pratique, disponible.

#56. Cuisine jaune, Cambrai.

À chaque repas, le Corbeau buvait du Margnat Village, vinasse en bouteille plastoc d'un litre et demi. Il remplissait son verre, n'en proposait jamais à Mère, puis posait le magnum par terre, à ses pieds – c'était son tout, sa richesse, sa perle, son bijou, sa reine, sa duchesse, comme l'avait écrit Baudelaire à propos d'une maîtresse. Il buvait le picrate comme de l'eau, à grandes goulées d'assoiffé, mais, et c'est sans doute le plus terrible, nous ne l'avons jamais vu ivre, toi et moi, jamais vu tituber, tomber ; s'énerver parfois, oui, jeter quelque chose en direction de Mère, oui, mais la frapper, nous frapper, nous injurier, non. Il avait l'ivresse maîtrisée, la violence étouffée, portable. Il était la meilleure pub qui soit pour la picole.

#57. Yvette, après 2012.

Quand je l'ai interrogée plus tard sur le Corbeau, Yvette m'a dit que si elle le trouvait fort bel homme, elle avait néanmoins peur de son regard. Comme des lames, a-t-elle précisé.

Et j'avais entendu comme des larmes.

#58. Vandalisme.

Toi, tu as tailladé ta beauté comme on lacère un tableau.

#59. Nanou, Anzin (Nord), 2024.

Et puis voilà cette femme, Marie-Danièle, dite Nanou, dont la meilleure amie, une coiffeuse visagiste, fut *proche* du Corbeau, qui m'avoue après moult circonvolutions prudentes dans l'intimité de sa voiture, tandis qu'elle me reconduit à la gare au terme d'une rencontre dans un collège, que le Corbeau n'était pas *quelqu'un de très bien* avec les femmes.

Lorsque je lui demande de définir « pas très bien », elle lève les yeux au ciel et ne m'en apprend pas davantage.

#60. Rectangle blanc, vers 1972.

Te souviens-tu, quand une femme embrassait un homme dans un film – je pense par exemple à Wood et Redford dans *Propriété interdite* ou à Lancaster et Kerr dans *Tant qu'il y aura des hommes* qu'on avait toi et moi adorés –, on entendait le Corbeau pester. Persifler. Il maugréait. C'est pour donner le change qu'elle fait ça, lâchait-il d'une voix étranglée. Et si d'aventure le couple se dirigeait vers une coucherie, il se levait, éteignait la télévision et nous ordonnait de monter dans nos chambres. Je ne sais pas ce que les femmes lui avaient fait, de quoi il leur en voulait, sur quelles lacérations en lui pourrissait sa haine, toujours est-il qu'il nous a fait grandir dans l'idée que les femmes étaient *mauvaises*.

Pourtant, ce sont elles qui ont toujours tenté de nous sauver, toi et moi.

#61. Cambrai, fin des années 70.

Comme cette jolie fille de la rue des Chanoines qui t'adorait plus que tout, te trouvait le plus beau garçon du monde, parfumait ses lettres et son cou et rêvait pour vous deux d'amour, Oh, un truc simple, m'a-t-elle raconté des années plus tard, juste de l'amour, et bien que tu ne le lui aies pas donné, elle est restée auprès de toi quand tu empoisonnais ton corps ; elle a plongé dans ton bourbier pour tenter de t'en sortir, mais tu ne voulais pas être secouru. Je crois que le chagrin est une addiction.

#62. Lille, fin des années 70.

Comme cette prof de philo en terminale qui m'a sans doute empêché de verser du mauvais côté de ma vie. J'avais dix-huit ans. Je traçais en zone rouge à moto, en bagnole, je cherchais les glissières de sécurité, les trente-huit tonnes, les murs ; j'espérais la chute en riant, l'envol et puis l'impact ; c'était « L… comme beauté » d'Higelin, à fond, en boucle, ses paroles qui m'aspiraient comme un aimant, me renvoyaient à toutes les laideurs, toutes les impasses ; c'était cette fille que j'aimais et qui ne m'aimait pas, la pointe du trombone qui grave l'initiale de son prénom sur ma peau ; c'étaient les pétards et le Sidi Brahim qui soûlait vite ; c'était le spleen contagieux de Bibi, l'ami obèse et beau dans sa robe de chair, amoureux fou d'une gamine de sa rue et qui se défenestre parce qu'elle a neuf ans et lui vingt, s'écrase six étages plus bas ; c'était la crête, c'était le bord de l'abîme, et voici que cette toute petite bonne femme, légère comme une virgule, parle de Sénèque, d'Épicure, de destin et de bonheur, et que ses mots en moi chassent les ombres et me donnent envie de lumière.

Il y a mille choses de toi que je ne connais pas, il y en a autant de moi que tu ne sais pas. Mais on s'est un jour, sans le savoir, rejoints dans l'obscurité.

#63. Chanteur canadien, années 70-80.

Savais-tu qu'on racontait de Leonard Cohen qu'il avait préféré se faire aimer des femmes plutôt que de s'aimer lui-même ?

On est de la même lâcheté que lui.

#64. Vers 1977.

Un jour tu m'as dit que nous étions les rejetons du Corbeau. Tu as eu un sourire curieux et tu as ajouté, *les rejetés*. Mais je n'ai pas tilté sur le coup, pas cherché à dénicher les mots que tu dissimulais derrière les mots – mauvais frère.

#65. R., probablement en 1975.

J'ai plus tard essayé de savoir quelle était ta vie d'adolescent tandis que la mienne se racornissait en pension, s'atrophiait en colonie pendant les vacances, mais je n'ai rien appris. Je ne sais pas si tu avais des amis. Si tu fumais en cachette. Si tu rêvais d'une vie à toi. Si tu aimais. Si tu souffrais. Si tu riais. Si tu chantais dans ta tête. Si tu écoutais « Fernando » en pensant à nous. Si tu discutais avec Mère et le Corbeau. Si tu jouais avec Claire. Si tu continuais seul à dézinguer au plomb les chats des voisins. Si, comme moi, tu détestais le foie de génisse que cuisinait Mère. Si tu draguais des filles, à la sortie du collège ou à la patinoire. Si tu pleurais, parfois, la nuit.

#16 / La chute – tirage 3.

Le pays suffoque, les glaciers et les croque-morts se frottent les mains. Omar El Ouardi, ton voisin, assis à l'ombre sur son perron, s'évente vigoureusement en regardant les enfants du numéro 16 de ta rue qui s'arrosent au jet d'eau, le type du 30 installé dans sa bagnole avec huit autres personnes, le moteur en marche pour faire tourner la clim, et toi, enfermé dans ta petite maison parce que tu as peur des sales types du bout de la rue, les dealers, yeux de crevards, lame sous l'Adidas, ceux qui te bousculent parfois, te marchent sur la gueule quand tu rentres de la supérette avec tes litrons, ton pâté, ton pain de mie et quelques fruits, parce que tu es le seul *gwer* de la rue.

Tu as fermé les volets, tu es assis par terre, loin de la porte d'entrée, tu es fin soûl, corps avachi, peau halitueuse, plus rien n'est agréable, tout est devenu souffrance et ta vessie est douloureuse, il te semble même qu'elle brûle, que tu vas pisser de l'acide, et finalement tu te traînes jusqu'à ta salle d'eau pour aller pisser et ta pisse est furieusement orangée, et c'est lorsque tu as fini, tiré la chasse après plusieurs tentatives parce que la tirette n'arrêtait pas de se dérober, quand tu te rebraguettes en faisant demi-tour, que tes pieds s'emmêlent et que

tu tombes,

gueule fendue, nez explosé, dents cassées, et tu ris parce que tu es pété, que tu ne crois pas à ce qui t'arrive, tu n'as pas la force de te relever, tu rampes dans l'hémoglobine, tends le bras, la main, les doigts pour attraper ton portable, tu ne composes pas le 18 parce que tu ne sais pas que c'est le 18 qu'il faut faire. Tu appelles Claire comme d'habitude. Comme toujours.

Mais cette fois-ci, elle ne décroche pas.

#66. Gradignan (Gironde), octobre 2021.

Une lectrice m'a raconté que son frère avait été assassiné il y a plusieurs années par un infirmier à l'hôpital – une euthanasie avant l'heure en quelque sorte ; elle en possédait les preuves, affirmait-elle, mais le dossier traînait, ses avocats ne parvenaient pas à percer le béton armé de l'omerta des médecins. Les années passaient, tragiquement immobiles, son frère dans les limbes, le corps errant dans la brumaille de l'incertitude, car on ne peut pas enterrer un mensonge, il faut que la lumière soit faite sur nos morts, il faut entendre leurs cris ; et la voilà depuis, elle, la lectrice, la sœur dépeuplée, ce tourment qui marche, et je me suis interrogé sur ce qu'on devait laisser partir d'un frère pour enfin trouver la paix.

Dix mois plus tard, la vie t'assassinait et je n'ai pas trouvé la réponse à ma question.

#67. À la table de travail à Brooklyn, automne 2024.

Je me demande, comme à propos d'un livre qui n'aurait pas de point final, si quelqu'un qui n'a pas dit au revoir peut être vraiment mort.

#68. Spleen à Brooklyn.

Pourquoi ne m'as-tu pas appelé ? Pourquoi ne t'ai-je pas appelé ?

Pourquoi le silence est un assassin ?

#69. Cambrai, la cuisine jaune, 1977 ou 1978.

Vers seize, dix-sept ans, il y avait en toi une rage qui effrayait le Corbeau. Il craignait sans doute pour ses yeux – *los ojos*. Mère et lui se bigornaient à ton sujet. Des assiettes volaient, des livres, une fois une petite machine à écrire, mais ce qui incisait le plus férocement les chairs, c'étaient les mots.

Ce jour-là, le choucas souhaitait te faire interner quelque temps ; il prétendait que notre médecin de famille, le bon docteur Prouvost, faciliterait les choses et Mère criait qu'on te fiche la paix. Tu ne te rends pas compte que tu l'étouffes ce gamin, te défendait-elle comme une louve, que tu l'écrases, tu vas finir par le rendre fou.

L'amour se déchaînait contre la lâcheté. Parfois, mais c'est rare, l'amour l'emporte.

#70. Parking Auchan, Petite-Forêt (Nord), 1978.

En tisonnant l'enfance me revient un de tes rires.

Je venais d'avoir mon permis et t'apprenais à conduire sur la Dyane de Mère. Tu n'écoutais rien, tu riais, riais, tentais des *drift donuts*, mais la voiture ne s'y prêtait vraiment pas, à chacune de tes tentatives, elle semblait se dresser sur ses amortisseurs comme un suricate. On rêvait des bagnoles qu'on aurait, une Renault 15 pour toi, une Ford Anglia pour moi – nos Dino et DB6 du pauvre.

J'ai repensé à ce rire dans l'église Saint-Martin tandis que la chorale exécutait le troublant « Ô Seigneur, je viens vers toi » ; je me suis dit qu'il nous manquait tant de fous rires, tant de tendresses, de complicités ; je me suis dit, alors que ton corps abîmé jusqu'à la pourriture, la grande puanteur, reposait dans le si joli cercueil de chêne rainuré sélectionné pour toi par Claire, qu'on s'était ratés comme des gars sur des quais différents dans une gare, mais n'avons-nous pas été séparés dès le départ, comme des siamois qu'on a déchaînés ? J'ai alors pensé que tu me manquais et j'ai frissonné – c'est curieux, ne trouves-tu pas, que les mots du manque ressemblent aux mots des amants. Ils font pleurer de la même manière.

#71. Le Corbier (Savoie), 1969.

Pour chaque photo développée, Kodak offrait deux autres petits tirages identiques de deux centimètres carrés environ et l'un d'eux, que j'ai conservé quelque part, est toujours très vivace dans ma mémoire. Tu as huit ans, tu es sur le balcon d'un minuscule appartement au Corbier, tu portes un pantalon de ski rouge, un pull à col roulé marron et tu éclates de rire. Derrière toi, le col d'Arves enneigé, flou comme un nuage. Ce n'est pas la photo qui est très belle, c'est toi. Je pense que ce sont les seules vacances où nous fûmes tous les cinq une famille et qu'elles furent les seules heureuses. Si le Corbeau et Mère ne skiaient pas, ils nous confiaient le matin aux moniteurs, partaient tous deux en balade, réapparaissaient à la tombée du jour, les joues carmin, et quand ils s'observaient à la dérobée, ils retenaient chacun un sourire, ils avaient alors un charme fou, l'air heureux, souviens-toi comme les voir heureux nous rendait nous-mêmes euphoriques, ton si beau rire sur la photo en est l'ultime consécration. Le soir, c'était fondue tous les cinq, c'était Monopoly tous les cinq, c'était des rires, des câlins, c'était comme la vie des autres, la vie rêvée, la vie jolie, et c'était la nôtre, notre bien, notre somptuosité ; six jours, cinq nuits, une semaine parfaite, simple, juste une famille qui s'aime, et Dieu qu'il est beau et immense et fécond cet amour-là – pourquoi diable cela n'a-t-il pas duré ?

#72. À Brooklyn, devant l'ordinateur, 2024.

Je ne suis jamais plus retourné aux sports d'hiver. Je hais la neige et les enfants de huit ans qui rient avec leurs parents – les familles heureuses.

#73. Chambre G., 1973.

Elle ne disait jamais slip. Mais dessous. Te souviens-tu que Mère insistait toujours pour que nous portions chaque matin un dessous propre au prétexte que si nous avions à aller à l'hôpital, il aurait été embarrassant de n'être pas irréprochables – et cela aurait risqué de la faire paraître pour une mère indigne. C'était d'ailleurs la seule chose qu'elle vérifiait dans ma valise de pensionnaire : le nombre de mes dessous. On en riait, toi et moi, mais on pressentait qu'elle nous parlait de ce qu'on cache et qui finit toujours par se voir.

Comme le malheur. Le mensonge. La folie.

#74. New York by night, 2024.

Voilà deux ans que tu es mort et je ne sais toujours pas à quoi sert ta mort.

Je n'ai pas vu ton corps. Ton corps mort.

Je n'ai pas vu la preuve de ton absence soudainement présente.

Tu flottes encore, mon frère fantôme, ici et là, quelque part dans l'air, dans ces molécules suspendues, sur la surface grise et nacrée en ce mois de novembre de l'East River qui ondoie mollement au-delà de ma fenêtre, dans mon corps que ton cadavre bouscule encore – la mort d'un être cher, dit Jankélévitch, est presque comme la nôtre, aussi déchirante que la nôtre ; mais je suis toujours là, debout dans ma vie, solide dans la brutalité poétique et crue de cette ville, et si, pour faire mon deuil de toi, j'aspirais à cette perte, à cet abandon tragique et sublime au chagrin, je n'y parviens toujours pas. Je ris encore. Je chante encore. Je danse encore. Et j'aime encore cette femme que tu ne connais pas et à qui, contrairement à ton amoureuse de la rue des Chanoines à laquelle tu n'as pas permis de te sauver, j'ai tendu les bras pour qu'elle me ramène à la surface du monde. Tant que je ne suis pas mort, tu n'es pas mort.

#75. Balade morose à Brooklyn, automne 2024.

Voilà deux ans que tu hantes mes jours, que tu chemines parfois à mon côté lorsque je longe la rivière ou me hasarde dans le ventre de Brooklyn – Bushwick, Red Hook, Prospect Heights –, lorsque j'écris, pousse les mots pour te faire de la place comme on bêche un jardin ; je porte les pierres de mes fautes à ne pas être venu à ton secours, à être toujours parti et revenu trop tard, mais, et tu ne le sais pas, j'ai eu moi aussi la vie tourbillonnante, chaotique, des désirs contradictoires, amours tourmentées, et toujours cette envie de vitesse, de glissières et d'impacts, également un enfant dans une grande errance, comme toi au bord de tes précipices, et dont le corps aujourd'hui ressemble à un sac rempli d'éclats, et lorsque tu l'embrasses il te coupe, il crayonne sur ta peau ton impuissance de père, je lèche en cachette mes plaies et je suis alors comme un chien supplicié, une solitude épouvantable, car que peut-on faire lorsque le petit d'une meute a soudain les pattes brisées, le ventre déchiqueté par la mâchoire d'acier d'un piège à loup, et je pense, et je comprends enfin l'immense impuissance de Mère, la honte bue de ta marraine et des autres de n'avoir pas su te protéger, te recueillir, et je découvre l'effrayante vanité de l'amour familial qui, à l'instar d'une misérable petite guerre, fait toujours autant de victimes.

#76. Spleen à Brooklyn.

Ce soir, je déborde du chagrin des frères et de la peine des pères.

#77. Le physicien Werner Heisenberg, vers 1927.

Très grossièrement, le *principe d'incertitude* démontre, si l'on souhaite mesurer simultanément la vitesse et la position d'un électron, par exemple, que plus on connaît précisément la position d'une particule, moins on peut en connaître la vitesse au même moment et réciproquement. Ainsi, on ne pourrait connaître parfaitement d'une chose qu'un élément à la fois.

Je sais que tu es mort mais je ne sais pas comment. Je sais que tu es mort mais je ne sais pas si tu as eu peur. Je ne sais pas à quoi tu as pensé. Je ne sais pas si tu t'es dit Putain, je suis en train de mourir. Si tu aurais voulu vivre encore. Si tu as eu des regrets. Si tu as pensé que tu allais retrouver Mère. Si tu as vu ta vie défiler – bien que je suppose que ce soit là une invention de scénariste. Si tu t'es mis à croire en Dieu, à des choses curieuses. Je ne sais pas quelle espérance t'a enflammé lorsque tu as attrapé ton téléphone et composé le numéro de notre sœur. Je ne sais pas si j'aurais pu te sauver si j'avais été près de toi. Si un seul d'entre nous l'aurait pu d'ailleurs, car voilà dix ans, vingt ans, trente ans qu'on aurait dû le faire et qu'on a préféré balayer nos démissions sous le tapis de notre désaffection.

Je sais que tu es mort et je ne sais rien. Le *principe d'incertitude* me ronge.

#78. Brooklyn, automne 2024.

La plupart de ceux et celles qui pourraient me parler de toi sont morts. Et le peu encore fringants se sont bouché la bouche de la boue de la pusillanimité.

#79. Chez Mamie, années 75.

Le dimanche matin c'était le bain, puis c'était la messe, puis c'était le déjeuner chez la grand-mère paternelle – laitue, ciboulette, persil, merveilleuses poires grillées et saignantes, fromages dont la fameuse boulette d'Avesnes qui nous faisait puer du bec jusqu'au mardi. En bout de table, on picolait toi et moi le Calvet Réserve du papy parce qu'on trouvait ça grisant et que ça nous faisait poiler comme deux couillons ; de son côté Mère éclusait pour s'enfuir, parce que sa belle-mère l'abhorrait de lui avoir confisqué son fils préféré – et c'est là, souviens-toi, une chose très importante puisqu'elle a fini par l'emporter. Ainsi, au temps de notre adolescence, le Corbeau retourna dormir tous les soirs chez sa maman après avoir néanmoins dîné à la maison.

Il y retrouvait une chambre, où il avait installé toutes ses affaires, dont les deux seuls livres qu'il ait jamais lus, un Barjavel et un Cesbron, aucune photo de nous ni de Claire ; il y transbahuta là sa faiblesse de fils, sa lâcheté d'homme. Plus tard, c'est ici que tu essayas de lui casser la gueule, c'est cette chambre que tu mis à sac et tentas d'incendier, c'est sa mère que tu insultas, et lui, plus ordurièrement encore – et plutôt que de comprendre que c'est eux qui avaient en toi nourri le chien méchant, c'est toi qu'ils qualifièrent d'enragé.

#80. Deux chiens.

L'histoire du chien méchant est celle-ci :

Un grand-père demande à son petit-fils qui vient de faire une grosse bêtise :

– On a tous deux chiens en nous. Un chien gentil et un chien méchant. Lequel gagne ?

L'enfant mordille ses lèvres, secoue la tête, il ne sait pas.

– Celui que tu nourris, dit le vieil homme.

#81. Mère dans sa chambre, 1978.

Depuis le départ du Corbeau, jamais Mère n'empiéta sur la partie désormais vide de son lit.

#82. Cyndi Lauper, 6 septembre 1983.

Je passai et obtins de justesse mon bac. Un bac A7, philo et histoire de l'art, un bac de comique puisqu'il ne débouchait sur aucun boulot sérieux, je veux dire un métier susceptible de rapporter – on était alors au début des années 80, grandes années du matérialisme, consumérisme, flouze, yuppies, CNN, la Golf, « Girls Just Want To Have Fun » de Cyndi Lauper et dernières joyeusetés avant le sida ; toi, ce fut un bac D l'année suivante, maths et sciences, parce que tu souhaitais ensuite faire *bactériologie*, et personne ne savait à la maison ce que cela recouvrait ; tu nous expliquas simplement que tu voulais aller dans le minuscule parce qu'il contenait le tout et que c'est par là qu'on pouvait guérir les gens. Tu ne sus jamais à quel point je t'ai admiré ce jour-là, à quel point je me suis senti minuscule, justement. Et puis il y eut le dilemme de l'armée.

J'avais de mon côté réussi à me faire exempter, un grotesque P4, et tu avais, toi, à décider si tu ferais ton service avant ou après tes études. Au vu de la longueur des tiennes, il te fut conseillé de le faire avant.

Kolossale erreur.

#83. Un BMC en Algérie, vers 1958.

Lorsque toi et moi l'avons découvert dans une armoire au grenier – un véritable étage et non pas l'idée qu'on s'en fait parfois, à savoir un débarras sous des combles étouffants –, nous avons immédiatement été convaincus d'un pendu et avons ressenti une étrange frayeur. Il s'agissait de l'uniforme d'officier subalterne du Corbeau, survivance de ses trois années algériennes dans les hautes plaines du chott ech-Chergui. Bien des décennies plus tard, alors que tout cela aura été effacé, brûlé, je m'interrogerai pour savoir à qui appartenait ce corps pendu qui m'avait alors hanté. Était-ce celui du jeune Corbeau suicidé à cause de la honte de ce qu'il avait commis là-bas ? Celui d'un corvus lâche et repentant ? Celui d'un traître ? Était-ce ton corps d'enfant qu'il avait cochonné ? Le mien ?

Longtemps cette viande sans tête viendra tyranniser mes nuits et il me faudra, bien ultérieurement dans ma vie, le tranchant singulier d'une plume d'écrivain pour parvenir à l'éloigner un tant soit peu.

Malgré nos demandes répétées, le Corbeau ne nous parla jamais de l'Algérie, n'évoqua jamais les gloires et les ignominies des hommes en temps de guerre, les tortures, le putsch, le barrage de la mort, ni la survivance. Le Corbeau gardait sur cette période de sa vie la bouche cousue. Toutefois, un soir d'abondant Margnat Village, et parce que tu venais de connaître ton affectation prochaine dans un bataillon d'infanterie en Allemagne, il parla avec excitation, presque nostalgie, comme pour lui-même, des BMC. Tu avais tiqué. BMC ? Il avait vidé son verre, l'avait vigoureusement rerempli. Bordel militaire de campagne, précisa-t-il. Ses joues s'empourprèrent puis il se mit à rire avant de t'expliquer que la vie de militaire était très différente, surtout à l'étranger, et que tu saurais bien quoi faire en temps voulu, *ha, ha.* Elles étaient belles les Arabes. Il y en avait une aux iris verts, à la peau de velours, parfum de dattes et de jasmin au bas du ventre. Ainsi, dans une doucereuse ivresse, ce Corbeau qui nous avait arraché les yeux nous les ouvrait sur l'un de ses pans d'ombre – peut-être l'un de ceux qui firent dire à l'amie de Nanou, la coiffeuse visagiste, qu'il n'était pas « quelqu'un de très bien » avec les femmes, et sans doute est-ce ici, dans ses vingt ans algériens et impunis, que l'origine de son mépris pour les femmes, ou de son vandalisme à l'endroit des corps, trouve l'une de ses sources.

Il faut un sérieux dégoût de soi-même pour en arriver à avilir les autres ou, au contraire, un amour-propre si grand qu'il en devient une véritable saleté.

Je crois qu'il n'est pas de souffrances que puisse infliger un homme qui se respecte.

Le jour de ton départ pour Berlin, le Corbeau t'offrit une carte postale sur laquelle, imprimé en lettres dorées sur fond parcheminé, était le poème de Kipling, « Tu seras un homme, mon fils », et je n'ai jamais su si c'était une façon de t'affranchir ou un immense foutage de gueule.

#84. Rudyard Kipling, 1910.

Rions, mon frère. Remémorons-nous cette calinotade de l'écrivain anglais : « Si tu peux être amant sans être fou d'amour, Si tu peux être fort sans cesser d'être tendre… » Et plus loin : « Si tu peux être dur sans jamais être en rage, Si tu peux être brave et jamais imprudent… » Je dis que trop de Margnat Village estropie le jugement.

#85. Rich Man, Poor Man, 1976.

Et vient inévitablement le moment où l'on cherche à comprendre pourquoi deux frères, de mêmes parents, nés peu de temps l'un après l'autre, habitent des corps si peu semblables et surtout y transportent des silex, des ronces, des nuages et des jardins si différents qu'on les imaginerait plus volontiers étrangers l'un à l'autre.

Opposons si l'on veut Locke à Platon, la nature à la culture, il ne sera pas d'explications satisfaisantes. Laissons les lierres et le chiendent pousser. Ne cherchons pas à savoir pourquoi les roses ont des épines, laissons l'emporter la poésie. Regarde, dans la vraie vie, les frères Léotard par exemple. François le propre sur lui, le politicien, le ministre, sourire charmeur en façade et filou en coulisse, sérieusement condamné pour abus de biens sociaux, recel, et Philippe, le comédien, le chanteur, saltimbanque, gueule cassée, voix brisée, qui ne dissimulait rien de ses brûlures, déshabillait ses nuits, étreignait ses addictions. Regarde, dans la vie de celluloïd, les frères Jordache dans *Le Riche et le Pauvre* – Rudy, le frère magnifique à qui tout réussit, interprété par Peter Strauss, et Tom, une tronche en chemin de cailloux, démarche de dérives, boxe, knock-out, joué par le jeune Nick Nolte. Dans les deux cas, on préfère tous le voyou, on rêve du barbare, du pécheur, on se retrouve dans le fortiche qui « sème la terreur dans toute la région », porte « un cuir noir avec un aigle sur le dos » ; on brûle d'être ce type-là tant qu'on ne se brûle pas soi-même, tant qu'on ne connaît pas la fin car il n'y a jamais de fin heureuse pour les poètes et les voyous, il n'y a que des larmes, des douleurs, des vomissures. Vois ton corps mort dans ta salle d'eau, ta jolie peau devenue nid de mouches à barbaque, poubelle à chiures, il n'y a jamais personne auprès des voyous qui meurent – même chez Piaf qui aimait tant les caïds, le légionnaire meurt seul dans le désert et l'homme à la moto seul à un passage à niveau –, on meurt seul quand on a tout tué en soi.

L'une des dernières photos que j'ai de toi est celle de ce dernier Noël ensemble chez Bonne où tu arbores ton uniforme sombre, tes récents galons de sergent, un dernier magnifique sourire. Tu as dix-neuf ans. À table, entre la langue Lucullus et la dinde, tu parles avec des étoiles dans les yeux de ces premiers mois en Allemagne, de ce petit groupe dont on va te confier la charge dès ton retour de permission, des gars venus d'une France de villages et de hameaux que tu ne connais pas, des vrais de vrais, des baraques, des têtes brûlées, joueurs de *Russkaya ruletka* – tout un côté insoupçonné du monde, côté sombre, vénéneux et fascinant, c'est le chant des sirènes d'Ulysse, devenu la mélopée que tu choisiras d'écouter et de suivre ; commencera alors pour toi cette longue, interminable chute qui s'achèvera quarante ans plus tard dans ta salle d'eau, par ton écrasement, ce petit bain de sang.

J'ai pris pour habitude de penser que tu n'es jamais revenu d'Allemagne. C'était un autre. Un jeune homme qui allait mourir.

#86. Claude Nougaro en 1996.

À ces hommes qui meurent d'eux-mêmes, il est parfois donné des épitaphes remarquables. Ainsi ces mots de Nougaro à propos de Philippe Léotard : « J'aime les grands brûlés. Eux seuls répandent cette poignante odeur des fraîcheurs primordiales. »

Je ne pense pas que son frère propret ait jamais reçu, mort ou vif, un aussi joli bouquet de paroles.

#87. Serge Reggiani dans le jardin de Claire, août 2022.

La nuit est tombée sur le jardin de Claire. C'est un petit jardin clos bouffé en son milieu par une imposante piscine couverte d'une arche de plastique dont la transparence s'est émoussée avec le temps, le calcaire et l'absence de soins – on la dirait presque à l'abandon. Dans un angle est un tilleul malingre qui a échappé à la violence de quelques orages, sa résistance fait d'ailleurs la fierté du mari de Claire, ainsi qu'un saule pleureur dont les larmes des branchages ébouriffés caressent le sol. Quand il fait jour, on entend les conversations des voisins, les aboiements des roquets, on se délecte du graillon de leurs grillades et lorsqu'on se croise, on se dit bonjour histoire de garder d'aimables relations de voisinage. C'est ici un village cossu de la banlieue lilloise ; des cadres, des retraités, des enfants le week-end et quelques solides piliers de bar, à quelques centaines de mètres, dans le dernier bistroquet du centre.

Mais pour l'instant il fait nuit, une nuit chaude, moite, longue, « une nuit de fer, une nuit de sang », comme la chantait Reggiani ; c'est la nuit qui suit l'ensevelissement de ton corps dévoré. Il y a quelques heures, la Terre a commencé à avaler un fils de plus, elle recrachera plus tard ses os et un jour lointain des enfants joueront avec tes osselets sans rien se figurer de ton passage ici – ni de ton si beau rire ni de tes grimaces de douleur quand le chien méchant cisaillait tes entrailles ou qu'un crabe s'est attaqué à ta bouche.

Bien que le repas soit achevé depuis un moment, nous restons attablés sur la terrasse, dans le navrement, dans l'étourdissement des vins de Bordeaux que notre beauf pouponne. On a les yeux rougis mais aucun de nous ne pleure. On évoque ta maison qu'il va falloir mettre en vente, l'assurance à contacter pour la vitre cassée par les pompiers, on se demande quelle date doit figurer sur la stèle puisque nous ne connaissons pas le jour de ta mort et j'ai le vin triste à penser que tu as rejoint ces faits divers qui nous horrifient toujours, Comment une famille a-t-elle pu laisser pourrir aussi longtemps son fils, sa mère, son frère ? Et je suis l'un de ceux-là, Claire l'une de ceux-là, mais voilà qu'elle détourne la tête, pâle, nauséeuse, puis se lève, vacillante, va rechercher des fruits à la cuisine. Elle sait qu'elle n'a pas décroché lorsque tu l'as appelée. Le jour de ta chute.

#16 / La chute – tirage 4.

Tu tombes.

Tu imagines une marionnette dont on coupe soudain les fils. Tes os sont en caoutchouc, ton corps une gélatine. Tu te demandes quelle douleur soudain te colonise.

Tes lèvres sont d'un rouge vulgaire, un rouge de racoleuse, et il est chaud, ce rouge, coule sur tes joues, ton menton, c'est à la fois terrifiant et beau, comme une tronche mutilée, un sourire de Glasgow, tu craches de l'émail, des poussières d'ivoire, et tu rampes vers ton téléphone, fais le raccourci de Claire, il n'y a plus qu'elle que tu appelles de toute façon, sonnerie dans le vide, dans la fracture qui vient de s'ouvrir, tu as alors des mots qui poussent dans ta gorge étranglée, qui s'insinuent, des bestioles gluantes :

– Viens, Aide-moi, Je suis tombé, Pardon.

Mais Claire ne décroche pas.

Elle t'a bloqué.

Mis en indésirable.

#88. Église Saint-Martin, 2009.

La voix de ta marraine est parfaitement celle de Mère, en possède l'exact timbre, le même débit arythmique et à l'entendre il me semble que c'est Mère qui est avec nous, que d'un instant à l'autre elle va se tourner vers moi, me sourire, prononcer les mots de lait d'une maman, *mon petit, mon bébé, te revoilà, tu m'as manqué,* me prendre dans ses bras, peut-être, enfin, mais ce n'est pas elle, ce n'est plus jamais elle depuis près de quinze ans. Je ne te l'ai jamais dit, je ne me suis pas remis de sa disparition. Je vis désormais avec elle sans elle. Depuis, je boite. Parfois, je titube, souvent je divague. J'ai écrit pour elle des choses qu'elle ne lira jamais.

Un fils sans mère n'est plus qu'un homme.

Sais-tu que je t'ai attendu dans l'église où ont été célébrées ses funérailles, que j'ai terriblement espéré ta présence, rêvé de nos retrouvailles autour d'elle, mais tu n'es pas venu. Tu n'as pas vu son cercueil, pas senti l'odeur de la terre qui l'a engloutie, pas été ivre des vins que nous avons bus.

Tu n'as pas enterré ta mère, tu l'as abandonnée.

#89. New York, 2024.

Je me souviens, alors que tu étais dans un de tes jours de grandes souffrances, l'avoir entendue dire que c'était épouvantable pour une mère – elle utilisait souvent cet adjectif d'épouvantable, c'était le plus haut dans son échelle de l'indignation –, que c'était épouvantable, donc, pour une mère, et que parfois elle se demandait si ça ne serait pas mieux pour toi que tu sois mort.

Eh bien nous y voilà.

#90. Gants d'opéra, novembre 2024.

Une de mes filles est là, à Brooklyn. Elle me parle de ce qu'elle ressent comme étant un *lien* avec ses sœurs et son frère et, tout en disant cela, elle se caresse l'avant-bras comme si elle y dessinait un gant d'opéra, à moins qu'elle ne cherche à exprimer par ce geste doux que c'est là sa partie siamoise avec eux. Je n'ai jamais ressenti un tel lien physique avec toi et, du coup, je me demande si j'ai jamais été un frère.

#91. Lieu inconnu, vers 1917.

Sont deux frères chez Giono, dans *Deux cavaliers de l'orage*, Marceau, l'aîné, carrure puissante, et Ange, le délicat, corps délié. Entre eux, une passion fraternelle, des corps inséparables, chacun est le dieu de l'autre, ils parlent la chair et le sang comme d'autres une langue primitive, mais voilà que surgit la haine – cette hyène humaine. Marceau éventre son frère à coups de serpe, le corps se teint de rouge, cette fascinante couleur, odeur entêtante qui fait dire à l'assassin de son frère : « Il faudrait voir un homme qui saigne et le montrer dans les foires. Le sang est le plus beau des théâtres. » Je me demande si l'amour peut exister sans son pendant de haine.

Je ne t'ai pas haï, peut-être ne t'ai-je donc pas aimé non plus.

#92. La cuisine de Claire, août 2022.

Claire revient de sa jolie cuisine avec du raisin, des petits-beurre, une barre de chocolat noir, et je pense aux offrandes de riz, de thé, que font les Japonais à leurs défunts ; son mari ouvre une nouvelle bouteille de vin. Regarde-le. Regarde comment il caresse l'étiquette des yeux, comment il roucoule d'aise, chuchote – Pauillac 97, bon millésime, vous m'en direz des nouvelles. Vois la façon dont ses doigts boudinés décoiffent la bouteille, on les dirait défaire la jarretière d'une jeune fille, impatients, affamés déjà. Claire ne boit pas. Elle a arrêté il y a quelques années parce que l'alcool, dit-elle, lui faisait faire des choses qu'elle ne voulait pas faire. Elle est fort peu diserte sur ces *choses* mais on finit toujours par les connaître, elles sont des bouchons de liège qui remontent à la surface. C'est un amant – sans le courage que procure l'ivresse elle n'aurait jamais osé prendre un amant, jamais osé faire avec lui ce qu'elle n'osait pas avec son mari et, sans l'ivresse de la clandestinité, elle n'aurait jamais osé penser le quitter, le laisser à ses petits doigts boudinés. Mais voilà. Le village cossu de la banlieue lilloise. Le qu'en-dira-t-on. Les voisins. Les enfants. La morale. La religion. Tout ce qui fait rapidement dessoûler. Alors notre sœur est docilement retournée chez elle, a vidé ses boutanches en cours dans l'évier, s'est sérieusement sous la douche frotté la peau au gant de crin, et les griffures n'ont pas été sans lui rappeler celles de l'amant, puis elle a préparé un bon dîner, saumon, aneth, pommes de terre à la crème de raifort, elle lui a servi un généreux verre de pouilly-fumé, Tu ne bois pas ? l'a interrogée son mari, elle a alors posé son visage sur ses mains croisées, coudes sur la table, lui a souri du sourire de leurs débuts et a lâché On ne referait pas la cuisine, *chéri* ?

#93. La photo de ta photo, août 2022.

Puis Claire me montre sur son portable une photo de toi prise au printemps dernier dans ce même jardin. Je ne te reconnais pas. Le temps, la solitude, la vinasse et le chagrin ont boxé ton beau visage et pourtant, je le trouve encore élégant, et touchant ; j'ai toujours décelé une authentique beauté dans cette forme d'abandon qu'est la tristesse, qu'est la mélancolie – d'où ma grande tendresse pour les portraits de Raphaël ou les intérieurs d'Hammershøi. Tu portes une chemise foncée comme en portait le Corbeau, les manches sont retroussées, et à ton poignet droit pend un fin bracelet argenté, je ne te connaissais pas cette coquetterie mais elle me rassure, me raconte que malgré les dégâts de ton corps tu lui conservais une estime. Tu lui faisais encore une promesse.

#94. Dans le jardin de Claire, août 2022.

Nous sommes ivres maintenant – une ivresse lourde, pâteuse, sans éclats ni rires, sans débordements, sans aucune flamboyance.

Ta marraine se lève avec lenteur, elle est fatiguée. Elle s'apprête dans quelques jours à partir en croisière. Le Péloponnèse. C'est celle dont rêvait Mère et que je n'ai pas eu le temps de lui offrir. Comme avec toi. Je n'aurai finalement pas eu le temps. Tu es parti au moment où je revenais après trente ans de silence et dans mon hébétude avachie je me demande si tu n'as pas fait exprès de chuter, de te fendre crûment le crâne. Comme pour me châtier.

#95. Dans la chambre d'un des enfants, août 2022.

Je ne dors pas.

Je traverse les heures indisciplinées de la nuit.

#96. Émile Jobbé-Duval, 1924.

Selon l'historien Jobbé-Duval, les Romains craignaient les morts et redoutaient tout particulièrement ceux qui, ayant souffert davantage que les autres, se montrent ennemis des hommes.

Peut-être viens-tu à Brooklyn me hanter.

#97. La maison de R., été 2022.

La dame de l'agence immobilière arrive en retard. Elle visite ta petite maison en coup de vent, elle dit qu'elle connaît bien ce genre de bercail, tout en étroitesse, escalier un peu casse-gueule, cuisine et salle d'eau sur l'arrière, ah, il n'y a pas de jardinet ? Mais ce n'est pas l'absence de jardinet qui la tracasse. C'est le quartier. La rue. La population, chuchote-t-elle, elle a bien changé en dix ans. Beaucoup de hijabs, de plus en plus de burqas, et maintenant le niqab, ça fait toujours un peu peur de ne voir que les yeux, vous ne trouvez pas, ça rappelle les bandits, alors le prix que vous en espérez – et elle nous laisse silencieusement achever sa phrase.

Claire blêmit.

#98. Les voisins d'en face, août 2022.

Plus tard, alors que nous sommes sur le trottoir, Omar El Ouardi, debout sur le seuil de sa maison, fait un geste en direction de celle d'en face et aussitôt la porte s'ouvre. En sort un homme en djellaba suivi de cinq filles, ils nous rejoignent. Le père nous parle en arabe, sa fille aînée, je suppose, les dix-sept ans ravissants, le dernier bébé de la fratrie dans les bras, traduit. Vous demandez combien pour la maison ? Claire lui donne le prix que nous a recommandé l'agente immobilière. Traduction dans l'autre sens. Le père lève alors ses yeux d'encre au ciel, marmonne والأكثر من ذلك، هل يريدوننا أمواتاً؟. Google traduction me suggère : « Ils veulent notre mort en plus ? » Alors la famille s'en retourne dans la maison d'en face et ton voisin Omar nous sourit, fait danser ses mains, Toujours la négociation chez nous, dit-il. Claire monte dans sa voiture et pour un peu me laisserait là, sur le trottoir, comme une poubelle.

Si je te relate ces deux petits épisodes autour du prix de ta maison sans jardinet, et je suppose que tu te doutes bien de ce qui suit, c'est parce que tes modestes picaillons vont venir pourrir ta mort plus vite encore que les vers.

#99. Une part de pizza, été 2022.

31° C. La température ne retombe pas. La terre est sèche et dure comme une pierre ; il faut des pelleteuses pour éventrer le ventre des cimetières. Les gamins s'ébrouent avec les canards dans les plans d'eau du parc Barbieux, se fritent avec les cygnes. Dans les quartiers de l'Alma et du Pile, le pastaga et le blanc sec coulent à flots dans les gosiers des immobiles, des ceusses, les échoués qui ne connaissent plus la mer ni le vol des mouettes. On recommande de beaucoup s'hydrater. De ne pas rester seul. D'être au frais. Trouvez-vous une bibliothèque municipale, un cinéma. Les services publics ont un exceptionnel sens de l'humour. À cause de la chaleur, il y aura plus de cinq mille morts l'été de ta mort mais tu n'es pas tombé à cause d'elle, tu es tombé à cause du poids du chagrin, d'une vie trop lourde à traîner et des crabes qui farandolaient dans ton corps. Tu es mort de ce que le médecin a nommé une mort naturelle – et je ne savais pas qu'il était naturel de mourir de solitude.

Dans un coin aménagé de l'Intermarché, nous mangeons, Claire et moi, chacun une part de pizza *cuite sur place*. Pâte molle, mozzarelle insipide. Nous ne parlons pas. Je crois qu'elle est triste. Tout à l'heure, je lui ai demandé où était ton téléphone. Elle a balbutié qu'il y avait un problème de batterie, pas trouvé de chargeur, modèle chinois peu répandu, mais que oui, elle l'avait bien récupéré. Comme il apparaissait que ton corps n'avait pas été molesté ou planté par une lame, ni qu'il s'était pris une balle – il y avait parfois un ou deux coups de feu dans le quartier, du côté des dealers – et qu'il n'y avait par conséquent pas de raisons de le faire examiner par la police, les pompiers l'avaient posé sur le comptoir de la cuisine, près d'une courgette qui, selon les types du nettoyage, était pourrie, c'est-à-dire là depuis environ une semaine.

Une semaine, le temps des Calliphoridae.

Je n'ai pas demandé à Claire s'il y avait du sang sur ton téléphone.

#100. Saint-estèphe 2014.

En fin d'après-midi nous sommes rentrés chez elle. Son mari somnolait dans la piscine, vautré dans une chaise longue flottante sur l'eau algueuse. Je me suis servi un verre de vin, je l'ai bu rapidement, comme le faisait le Corbeau, puis j'ai ouvert le carton dans lequel avaient été rassemblés tous tes papiers et j'ai entraperçu la violente odyssée de ta vie d'homme.

SECOND ALBUM

#101. Certificat de travail, Cafés Raverdy, janvier-juillet 1982.

Manutentionnaire.

Les sacs de café à descendre des camions pèsent chacun soixante kilos.

#102. Certificat de travail, Association INSER, novembre 2005-novembre 2006.

Agent de propreté.

Les mots sont plus propres que ce qu'ils racontent. Tu vides les poubelles des rues, tu ramasses les merdes des chiens et le vomi des hommes. Il n'y a pas de sot métier dit-on, mais il y a quand même beaucoup de sottes gens qui se bouchent le nez en te croisant.

#103. Certificat de travail, la Grande Cave, Vougeot, février-juin 1989.

Voyageur représentant placier multicarte.

Tu dégustes les pinards avec les clients, tu rentres pété et tu pètes une bagnole. À cette époque tu vis chez le Corbeau et sa maman. C'est l'époque où tu mets sa chambre à sac et tentes d'y foutre le feu.

#104. Ordonnance du docteur C. Portenart, 7 février 1996.

Tercian. Equanil. Surmontil. Imovane. Aotal.

#105. Certificat de travail, Biblio-Club de France Hachette & Cie, février 1985.

Du porte-à-porte. Du mépris à la menace. Du crachat à l'injure. Tu résistes à peine un mois.

On ne bouquine pas dans les corons. On regarde les majorettes.

#106. Retour de Berlin 1, 1980.

C'est fini. Tu rentres démobilisé d'Allemagne à l'aube de l'été. Tes yeux se sont obscurcis, tes joues creusées, toute ta beauté s'est aiguisée. En ville, des filles se retournent parfois sur ton passage, ton allure, ta façon gouape de marcher, tu es devenu le voyou des chansons de Piaf, le Johnny Strabler (Marlon Brando) de *L'Équipée sauvage*. Tu roules en 125 Honda dont tu as percé les silencieux, monté un guidon bracelet. Tu n'attaches pas ton casque sous le menton. Tu bois le Margnat Village du Corbeau, fumes toutes les clopes qui traînent à la maison, Gitanes, Royale Menthol, Celtiques, et lorsque Mère demande si tu t'es bien inscrit à la fac de sciences à Lille, tu hausses les épaules et, à la manière dont tu le fais, tu es à la fois un enfant et un danger, et c'est précisément cette étrange dualité qui, des années durant, anesthésiera ton entourage.

Tu es Kaa. Tu es un serpent. Tu as un charme fou.

J'ai pris quelques photos de toi cet été-là – sur l'une d'elles, tu portes un blouson en cuir marron, tu fumes, ton regard est noir, tu es une affiche de film, une promesse inouïe. Nous étions dans le jardin de notre maison, devant les Pierre de Ronsard de Mère dont les pétales blanc et rose avaient commencé à se flétrir, et à regarder ces images aujourd'hui tandis que je bêche ta vie, je me demande si leur flétrissure n'annonçait pas déjà la tienne.

#107. Retour de Berlin 2, 1980.

Cet été-là, nous avions vingt ans. Nous ne traînions plus dans ta chambre en écoutant « Fernando ». Nous ne riions plus. Nous nous parlions peu. Il me semblait ne plus être ton frère, tu en avais aimé d'autres.

Un soir, alors que nous buvions une bière au Café de la Paix, je t'ai demandé comment s'était passée l'armée, tu n'as pas répondu. Tu étais devenu le silence algérien du Corbeau et je crois que ce qui se racontait dans ce silence, ce qui s'y tramait et que vous étiez seuls à décrypter, vous unissait – malgré le mal cannibale qu'il t'avait fait.

Tu étais sa version ivre.

#108. Frontière belge, années 80.

Tu faisais envie aux femmes mais les femmes te faisaient peur. Certaines t'auraient bien dévoré comme elles avaient dévoré Jean-Baptiste Grenouille. Mais tu as préféré te dévorer toi-même.

Tu étais un jeune homme très beau mais la beauté anesthésie les circonspections.

Il y a une vingtaine de kilomètres jusqu'à Audrégnies ou Bernissart, deux communes côté belge. Dans la forêt, le long des nationales 553 ou 506, sont garées des camionnettes dans lesquelles stripteasent pour toi des filles, sucent si tu le souhaites, avalent si tu veux, acceptent parfois même les torgnoles ou l'enculade – mais là, c'est trente de plus, *fieu*. Tu t'y rends de temps en temps le samedi soir et tu as à chaque fois le cœur qui s'emballe, les foies, l'envie de chier, la même peur joyeuse qu'en Allemagne, avec les gars, avec tes frères. Je ne sais pas si tu baises vite, tendre ou salace, si tu humes ou renifles. Tu les aimes ces filles-là, elles te troublent, sont cassées pour la plupart, sont comme toi, ce sont tes sœurs d'infortune. Parfois tu es trop beurré pour bander, alors tu causes, et c'est plus cher parce que c'est plus long, plus douloureux aussi ; il y a des mots qui brûlent davantage la peau qu'une giroflée, mais ces morsures-là tu les aimes également, la souffrance ne te fait pas peur, elle est la lâcheté de ceux qui ont beaucoup et toi tu n'as rien.

#109. Sur la nationale 2, vers 1983.

Certains dimanches, le Corbeau emprunte ta moto et disparaît pour la journée. Il se balade du côté d'Avesnes-sur-Helpe. Il évoque sa magnifique collégiale où il dit s'arrêter pour prier.

Je me demande rétrospectivement pourquoi je n'ai pas desserré les boulons de la fourche ou émoussé le câble du tambour arrière.

#110. Retour de Berlin 3, 1980.

Tu as renoncé à la bactériologie. Tu ne veux plus faire cinq ou huit ans d'études. Je veux vivre ! cries-tu, et dans ta rage sourd toute la fougue des poètes morts à vingt ans, Lendormy, Radiguet ; ceux qui pressentaient qu'ils n'auraient pas le temps.

Savais-tu que tu allais mourir chaque jour jusqu'à ta chute ?

Sur l'un de tes CV, pour l'année 1980, il est indiqué DEUG de droit, 1re année. Après, ce sont les sacs de café de soixante kilos. Après, c'est ta vie.

Et la vie n'aime pas tout le monde.

#111. Vu de New York, 2024.

L'une de mes hypothèses est que Berlin a déraciné ta part de réel, t'a arraché à l'empirisme du monde, tout comme les ambulantes de la nationale 506 ont durablement bouleversé ta poétique des femmes.

#112. Grenoble, 1980.

Tandis que tu folichonnais à la frontière belge, je m'installais avec une jeune fille juive pour laquelle j'avais de sérieux sentiments, et si je précise sa judéité, c'est parce qu'elle fut, tu le sais, une source vive d'*inquiétude* pour Mère et pour le Corbeau. Pour la première parce qu'en cas de mariage il n'y aurait pas de messe, pas de sacrement, qu'en cas d'enfant, pas de baptême, pas d'âme sauvée ni de place au paradis si d'aventure le nourrisson venait à faire une mort subite ou chutait malencontreusement de la table à langer – il s'éterniserait dans les limbes, Ce serait *épouvantable,* s'époumonait-elle, et je ne te parle même pas d'un garçon, de la circoncision qu'exigerait la famille, *ah si, ah si !* Pour le second parce qu'une étrangère, un œil neuf, serait bien capable de détecter ce qu'il avait dissimulé, nos corps d'enfant sous le tapis par exemple, de deviner la famille de façade, le Margnat Village et surtout son immense, maladive absence d'amour. Il n'y a que Claire qu'enchantait la présence d'une fille en plus dans la famille, Ça sera comme une grande sœur, fanfaronnait-elle. Elle avait quatorze ans.

Toi, plus tard, tu nous présentas une ancienne strip-teaseuse. Catholique.

#113. Certificat de travail, Pompes funèbres générales, 21 avril-27 avril 1986.

Assistant funéraire. On dit aussi croque-mort.

Sais-tu que les croque-morts, avec les poissonniers, sont les personnes qui ont le plus de mal à trouver une compagne ? Mais dis-moi. Pourquoi n'es-tu resté là qu'une semaine ? Le chagrin d'une mère t'a-t-il épouvanté ? La colère d'un père, fracassé ? Les larmes d'une sœur, submergé ? Sont-ce les odeurs sur ta peau de formaldéhyde, d'éthanol et même de bois de santal qui t'insupportaient ? Est-ce la vision d'un corps d'enfant mort qui t'a rappelé le tien ? T'a-t-on viré parce que tu pleurais ?

#114. Vence (Alpes-Maritimes), été 1981.

J'ai arrêté la fac parce que nous avons faim.

Depuis, je suis plagiste le jour au Cheval sur la plage, à Cagnes-sur-Mer, et serveur le soir dans une pizzeria de Saint-Paul-de-Vence, sur le rempart ouest, mitoyenne du restaurant de pâtes Chez Peppone, et pendant que je m'active comme un diable, ma jolie fiancée lit Colette sur la place du Peyra, découvre Chagall à la Fondation Maeght et boit du thé vert en lorgnant Montand et Géret jouer facétieusement à la pétanque devant le Café de la Place.

Nous avons loué une petite chambre à Vence, elle doit faire quinze ou dix-sept mètres carrés, couchage de 140, fenêtre qui donne sur un mur de pierres. Il y fait une chaleur étouffante. C'est l'été de la tuerie d'Auriol, six personnes, dont un enfant de sept ans, assassinées dans une bastide ; c'est *De sang-froid* dans les Bouches-du-Rhône et l'on reste scotchés la nuit devant le poste de télévision. C'est également l'été où je t'invite à passer quelques jours avec nous et te voilà un après-midi à débarquer sur ma plage, un sac à la main, sourire de fripouille sur ton beau visage.

Un peu plus tard, lorsque tu es confortablement installé face à la mer sur un matelas, sous un parasol, au milieu des riches vacanciers, je t'apporte une copieuse salade niçoise, ciabattas grillées, beignets d'anchois, ainsi qu'une bouteille de rosé et voilà que pour une seconde je retrouve dans ton œillade mon frère de « Fernando » et des Valstar, le garçon qui m'a manqué.

Tu dors avec nous dans la chambre étouffante, par terre, le long du lit, c'est là notre bohème – et cette nuit-là, tandis que tu pionces, respiration étale, je me colle à son corps, ma queue est terriblement dure, elle cambre alors ses reins, écarte les fesses, je la pénètre aisément, son visage est plongé dans l'oreiller, ma bouche dans ses cheveux, nous réprimons tous deux nos anhélations, fougueux amants clandestins, ta présence à soixante centimètres de nous nous excite et nous terrifie à la fois, et lorsque je jouis, j'ai envie de bramer, envie que tu m'entendes, que tu saches que je tringle, que moi aussi je n'ai peur de rien, que je peux être un marlou, un bandit.

Je voulais que tu sois envieux de moi ; je voulais, pour un instant, de nous deux être le plus beau ; être toi.

Tu partais le lendemain, je t'ai donné les deux cents balles de ma journée de pourboires et ce fut notre dernier été.

#115. À la table d'écriture, Brooklyn, 2024.

C'est curieux, mais la définition de « frère », outre le fait qu'il s'agisse de deux ou plusieurs personnes ayant au moins un parent en commun, est assez floue. À tel point que fratricide, par exemple, s'applique également à des types qui ne sont pas frères. Comme les militaires.

Il faudrait donc chercher du côté d'un lien.

#116. Rue du Fossé-aux-Loups, Bruxelles, 1982.

L'année suivante, j'avais vingt-deux ans, je commençai un boulot à Bruxelles – boulot dans l'air du temps d'alors, ces années fécondes, allègres –, et épousai la jeune fille au cœur de l'été. Ce fut un mariage sans robe de mariée ni orgues d'église, une charmante badinerie, une petite salle de mairie puis des réceptions ici et là, à Grenoble, à Cambrai, chez les parents divorcés, les youyous et les psaumes, bjaouia pistache d'un côté, pièce montée de choux de l'autre – je l'ai raconté dans ce livre qui parle du Corbeau mais je ne sais pas si tu l'as lu ; on n'a retrouvé qu'un seul livre chez toi, et ce n'était pas celui-là.

Tu n'es pas venu au mariage, et je crois que c'est non pas à cause de ton absence mais de la mienne, parce que j'ai déserté nos jardins et nos sangs, parce que je ne voulais plus de nous, de notre curieuse famille, de ses silences assassins et ses absolutions grotesques, que nos routes se sont séparées.

Cet été-là, tu as laissé tomber les écrasants sacs de café et t'en es retourné dans ta chambre d'enfant regarder ondoyer les paréidolies sur les murs, en fumant, en buvant, en coulant, en laissant tes démons te reprendre, te becqueter centimètre après centimètre, et Mère et le Corbeau refusaient alors de dire ton mal, car dire c'est parfois s'accuser, parfois se flageller ; pourtant, je le découvre aujourd'hui chez Claire dans tes papiers : tout était là, tout était nommé, tout était su et tout a été tu.

On peut tuer des gens tout en les laissant en vie.

#117. Diagnostic médecin, 1981.

Psychose paranoïaque.

#118. Spleen à Brooklyn.

Un de mes enfants que tu ne connais pas comme toi danse parfois, se brûle les ailes, plonge dans le boueux, décolle de nouveau, tutoie les étoiles, et j'ai la trouille car je ne connais pas ces pas-là. Je suis un béquillard face à la détresse.

#119. Le Pink Lady, frontière belge, 1985.

C'est un bistrot sombre – j'y suis allé – dont l'ambiance ressemble à celle des bars des films américains, ici un long comptoir de bois et de formica, sciure au sol, des néons qui crayonnent des noms de bières, un juke-box gavé de 45 tours sirupeux – on vient là le soir pour que les peaux s'échauffent, que les corps s'enlianent, on vient là pour l'amour qui rit trop fort, les bouches trop rouges, trop faciles, on est là pour noyer les souffrances et boire encore, oublier les bonnes manières et laisser triompher son chien méchant. Mais toi, tu y reviens le jour. Le troquet est alors quasiment désert. Tu es installé au comptoir, tu bois lentement, prudemment, une seule chope, guère deux ; tes longs doigts tracent des choses illisibles dans la condensation de ton verre, ce sont les mots que tu ne parviens pas à dire. Mais elle n'a pas besoin de mots. Ton regard lui suffit. Elle le laisse couler sur ses lèvres, sur son cou, ses seins. Elle a chaud. Parfois, elle t'abandonne pour recharger en jaja un type ou deux à l'autre bout du comptoir mais elle revient vite, reprend face à toi sa pose, les coudes sur le zinc, la tête au creux de ses mains, des perles de sueur dansent dans son dos, elle écoute les mots que tu ne dis pas, elle lit tes yeux, elle te trouve beau, très beau, elle dit qu'elle est *bleue de toi*, et elle se demande pourquoi un type avec ton allure, ton élégance, un homme tellement *tof*, s'intéresse à elle, parce qu'elle possède un visage curieux, à cause de son nez, un nez à la Tintin, une petite boule de chair, comme de la mie de pain triturée avec un pouce et un index, prélevée sur sa cuisse depuis que son reniflant a été entièrement sectionné dans un accident de voiture lorsqu'elle est passée à travers le pare-brise d'une 4L, elle avait huit ans, et depuis la greffe, elle a cette tronche curieuse, un dessin inachevé, un croquis d'enfant, ni belle ni laide. Insolite. Mais toi, elle te touche. Elle a un corps qui fait baver les affamés et les repus ; quand elle marche la terre tourne ; elle t'a raconté qu'avant d'être serveuse elle faisait de la pole dance à quelques kilomètres d'ici, des strips parfois quand les biffetons pleuvaient, plus rarement la *plodde* si le micheton était propre et pas tout à fait vilain, et tu aimes son histoire, tu aimes ses noirceurs et ses rédemptions, et lorsque tu lui fais l'amour la première fois dans ta Renault 15 jaune, sur le parking, tu la regardes mordre ses lèvres, tordre sa bouche et rire, et son rire est un chant et putain, Dieu que tu la trouves belle à ce moment-là, dans la réjouissance, et tu es heureux, incroyablement heureux, et je sais, pour y avoir longtemps, patiemment réfléchi, que si tu étais attiré par les ingrates, les disgracieuses, toutes les ordinaires, c'était pour leur offrir ta beauté et révéler la leur ; en cela, frère, tu as aimé les femmes mieux que mille, que cent mille hommes.

#120. Brooklyn, novembre 2024.

Je dois me méfier de moi. En t'écrivant, voilà que je me vautre dans le compassionnel comme un porc dans la fange, le mémoriel tant à la mode. À croire que les morts valent mieux que les vivants – mais c'est faux. Les morts sont des lâches.

#121. Oriane en visite chez Mère, Lille, 1986.

Mère est interdite lorsque tu la lui présentes, mais comme elle est fort bien élevée – mis à part, pour qui s'en aperçoit, une très légère crispation de la bouche la première fois qu'elle la voit –, on ne se doute de rien.

Plus tard, elle aura peur pour toi parce que Oriane a dansé pour des tourmentés et des détraqués. On ne sait pas avec qui elle est restée en cheville, soufflera-t-elle – j'adore le suranné de l'expression –, et les *maladies*, tu as vérifié, tu as des problèmes de ce côté-là ? murmurera-t-elle, rougissante, alors toi, dans ton ivresse, tu casseras chez elle des choses afin de remplir de bruits le silence des mots que tu ne trouves pas pour justifier ton choix et faire triompher ta joie.

Il t'a toujours manqué des mots comme à d'autres la grâce.

#122. Certificat de travail, Electrolux, 19 septembre-15 octobre 1983.

Représentant.

Quatre semaines plus tard, tu ne représentes plus rien.

#123. Certificat de travail, Établissements économiques du Casino Guichard-Perrachon & Cie, 11 janvier-19 mars 1988.

Tu brûles tes mains dans le froid des rayons surgelés. Le soir, tes doigts tremblent. Pour un peu, on te croirait en manque.

#124. Oriane et R., non daté.

Oriane est partie.

Elle était jalouse de tes maîtresses – Bibine, Chopine et Fillette.

#125. Erich Fromm, 1941.

Je me demande pourquoi, par trois fois, en 85, 87 et 89, selon tes papiers que j'épluche chez Claire, tu es retourné vivre auprès du Corbeau, chez sa mère, dans une petite chambre voisine de la sienne, car enfin on ne retourne pas chez son tortionnaire, on vole loin de lui, on change de nom, on change d'histoire, mais voilà que je repense à la théorie d'Erich Fromm sur la « peur de la liberté », qui prenait l'exemple d'un enfant qui admirait un père tel que le nôtre et décrivait son empathie avec celui-ci en tant qu'elle lui permettait d'échapper à « l'angoisse de la confrontation » ou à « la culpabilité de la haine ».

On retrouve ce genre de comportement chez certains collabos, également chez certains citoyens à l'égard de leur despote, et j'ajouterai chez le courtisan – celui du *Discours de la servitude volontaire.*

#126. Dans le jardin de Claire, août 2022

Je finis le médiocre saint-estèphe du beauf – il s'est endormi sur sa piscine et Claire, en ligne avec l'assureur, cherche à savoir si elle hérite bien de ta maigre assurance-vie –, et il m'apparaît qu'il y avait, entre le Corbeau et toi, une haine magnifique, un amour effroyable. Vous vous déchiquetiez par aversion, vous dévoriez par estime, chacun était l'éclopé de l'autre, le pochtron de l'autre. Avec le temps je l'ai dit, ton visage devenait le sien et peut-être est-ce aussi cela de toi dont j'ai eu peur. Cette ressemblance. Le pourquoi, pendant trente ans, je n'ai pas souhaité te revoir.

#127. Syndrome de Stockholm.

Claire m'a rapporté que tu lui avais hurlé t'en foutre de mourir – Rien à branler, tu comprends ! Quand je crèverais, je retrouverais papa, c'est moi *son préféré*. J'étais resté pétrifié et j'avais pensé à tous ces félidés ronronnants qui jouent exquisément avec une souris, comme avec une boule de coton, avant de lui planter les griffes dans la gorge et de se repaître de son cœur exalté.

Plus j'avance vers toi et plus je m'enfonce.

#128. Paris, années 90.

Dans un tiroir à Paris, j'ai cette unique lettre de toi dans laquelle tu me remercies d'avoir engagé et payé un avocat pour te défendre au tribunal contre le Corbeau, qui avait contre ta personne porté plainte pour intimidations, menaces, violences, destruction de biens, et qui souhaitait que le juge te fasse emprisonner.

Cronos, Tantale, Thyeste, et maintenant le Corbeau – tous frères.

#129. Les jumelles, 1938.

Mère disait le ressentir immédiatement lorsque sa sœur jumelle souffrait. Peut-être y a-t-il dans le phénomène des jumeaux une souffrance convenable que l'on recherche désespérément dans la simple fraternité.

Mais je n'ai pas éprouvé tes déchirures.

#130. Réveillon chez Mère, Croix (59), 1990.

Et puis est arrivée cette nuit – une autre nuit de loups de Reggiani. Mère avait acheté des merveilles chez le traiteur, choisi quelques bons vins, elle avait même remonté de la cave les assiettes Empire vernissées, liseré doré, héritées de sa grand-mère. Claire avait apporté un Carpeaux pour le dessert. J'étais venu seul, ma femme étant restée à Paris avec notre fille nouvellement née, et tu es arrivé en retard. Souviens-toi, tu étais déjà bien beurré. Au début, on a ri. On s'est raconté nos histoires. On était les quatre survivants joyeux d'une famille bombardée. C'était le temps de l'apéro. Puis on est passés à table. Entrée, cubes croustillants de Maroilles au pain d'épice et carottes glacées à la chicorée, bouteille de Bonnezeaux frais, mélange risqué après le Taittinger et avant le Maucaillou, l'ivresse a d'abord été douce, amusante, mais toi tu avais déjà une sacrée avance sur nous tous, ton ébriété avait commencé à virer hargneuse, brutale, et ta bouche, comme celle de John Coffey dans *La Ligne verte*, bourdonnait maintenant des sauterelles du mal avant de bientôt les débagouler ; je parlais à Mère de mon nouveau boulot, de ma nouvelle bagnole, elle était fière de moi et j'aimais sa fierté, j'aimais qu'elle n'ait enfin plus peur pour moi, et tu as soudain vomi ta douleur et ton corps puissant s'est jeté sur le mien, l'a fait chuter, tes mains si fortes d'avoir charrié tant de sacs de café ont dessiné une écharpe de chair sur mon cou et tes doigts ont serré, serré, je ne pouvais rien faire, j'étouffais, je sentais ta curieuse haleine, alcool et barbaque avariée, ma tête s'est mise à tourner, je manquais d'air, la vie décampe si vite. Mère et Claire se sont précipitées, t'ont arraché à moi, *Sauve-toi, pars !* a hurlé Mère. *Pars !* Et ma couardise m'a donné des ailes, j'ai disparu et personne, je crois, n'a savouré cette nuit-là la dinde farcie aux marrons et aux poires.

Il doit tout de même y avoir un lien très fort entre deux frères lorsque l'un cherche à tuer l'autre.

#131. Gare de Santeuil-Le Perchay, vers 1995.

En écrivant cela me revient avoir vu un jour, alors que j'étais dans le train qui m'amenait de Saint-Lazare, un homme frapper de ses poings le visage d'une femme sur le quai désert de la minuscule gare de Santeuil-Le Perchay, dans le Val-d'Oise. J'ai cru que la tête allait exploser comme un melon, les dents voler comme les pépins, et le peu que j'ai pu alors apercevoir de l'expression de cette femme était la définition même de *l'épouvante*, je te jure que le fameux *Cri* de Munch est de la rigolade à côté. Lorsque le train a été tout à fait arrêté, l'homme s'était enfui, elle était par terre, une sorte de Sacco informe, et déjà des voyageurs s'étaient portés à son secours.

La violence physique me terrifie. Elle m'indique d'un homme qu'il a perdu toute humanité et renoncé à toute espérance. Qu'il s'est rendu à la sauvagerie, comme on se rend après une défaite.

Entre cette nuit-là chez Mère et le jour où je t'ai écrit pour retisser un lien entre nous, il s'est exactement passé trente ans.

Et tu es mort.

Il y a dans la mort un pressentiment d'infidélité tragique.

#16 / La chute – tirage 5.

Tu es tombé.

On ne sait pas pourquoi. Ton corps est vautré, immobile, c'est une glaise triste dont s'échappent déjà des liquides et des matières, et tes yeux sont ouverts et peut-être voient-ils encore quelque chose – le tee-shirt sur la chaise, le petit tapis antidérapant made in China qui est une putain d'arnaque et cette saloperie de téléphone. Juste là. Alors tu tends la main, tu appelles Claire. Mais Claire ne décroche pas. Elle t'a bloqué. Elle ne veut pas te parler.

Tu la soûles.

#132. Certificat de travail, MDV, traitement des eaux, 30 mai-23 juillet 1988.

Attaché commercial.

Deux mois.

Le lendemain de ton licenciement ou de ta démission, tu fêtais tes vingt-sept ans – étais-tu seul, as-tu offert dans un troquet une tournée générale avec ta paye comme tu aimais à le faire, filer ta montre, ton téléphone quand tu n'avais plus de thunes, as-tu été voir une fille, deux filles, demandé la totale, quelques excitantes obscénités ?

Jones, Basquiat, Winehouse, Joplin, Hendrix, Cobain, Ham, Morrison n'ont jamais été plus loin que leurs vingt-sept ans. Toi, tu as mis soixante et un ans à mourir, assidûment, un jour après l'autre.

#133. Certificat de travail, Métropole Nord Immobilier, 1 février-25 juillet 1990.

C'est un immeuble de sept étages des années 60, béton et briquettes, planté à Lille au bord d'un boulevard ; tu y habites. En face il y a une station Esso et une barre HLM ; à cent mètres, un restaurant syrien, un lavomatique et un bar-tabac. Tu bouffes là, tu laves ton linge là, tu picoles là et, avec le misérable pognon de ta paye de négociateur en immobilier – parce que tant que tu ne vends pas, t'as que dalle, t'es juste une loque –, tu fais ton loto là, chaque fois des rêves à une ou deux patates, une Alfa Romeo, t'aimes bien la nouvelle Spider, un appart à toi, des fringues neuves, classe, et surtout, surtout une meuf, une gentille, bonne, au sens de bonté, la gueule, la taille des nichons, on s'en fout, une qui s'occupe de toi, t'aide à lever le pied, baisser le coude, qui te refout d'équerre, corps debout, fier, démarche à la *American Gigolo*, une qui te ramène au type bien que tu étais avant tout ça, avant le Corbeau, Berlin, la bibine, les putes, les rats dans la tête ; et après d'honnêtes efforts tu serais à nouveau là, à ta place dans le monde, parmi les hommes, et tiens, tu pourrais même m'en remontrer avec ma grosse caisse allemande, ma belle femme brune née à Tunis et mes deux filles, ma baraque dans le Vexin, carrière de pubard, putain de Lions à Cannes, crâneur, connard, vendeur de merdes, merde toi-même – voilà ce que tu dis à Mère, après le réveillon, après l'égorgement du frère, quand les sauterelles ont disparu et que tes yeux ne brûlent plus que de larmes ; voilà ce que tu lui racontes, que tu te manques à toi-même, que tu te manques tellement, alors je suppose qu'elle t'a pris dans ses bras, ce qu'elle ne faisait jamais, qu'elle a laissé ton beau visage fondre sur sa poitrine, ton corps immense se relâcher, qu'elle a caressé tes cheveux comme quand tu étais enfant et t'a enfin bercé avec les mots des mamans, des mots d'amour, des mots d'adieu.

#134. Le turban blanc de Lawrence d'Arabie, 1962.

Je ferme un instant les yeux et je te vois.

Tu es ce jeune chamelier que les sables mouvants du désert d'Arabie sont en train d'engloutir ;

T.E. Lawrence (Peter O'Toole) dénoue vivement de sa tête son turban blanc, en jette l'extrémité vers toi, tu t'y accroches, vous tirez tous les deux, c'est une curieuse guerre ; soudain tes doigts s'ouvrent, le vent de la tempête fait baller le turban comme une mue de serpent et la terre t'aspire aussi vite qu'un buvard une goutte d'eau, tu n'es plus à la surface du monde, tu as disparu, tu es sable, cendre, tu es poussière.

Si la fraternité est ce turban blanc, alors je n'ai pas été ton frère.

#135. Rennes, années 90.

Une première décennie sans toi, qui voit tomber le mur de Berlin, éclore les ordinateurs, qui découvre le grunge, la techno, le sida et surtout Jack Dawson, alias Leonardo DiCaprio, avec lequel rêvent de coucher la moitié des filles de la planète, et, pendant que bruit d'enthousiasme le monde, tu vis à Rennes – rien n'indique dans tes papiers que tu y aies un quelconque boulot ni pourquoi tu as choisi de t'y établir. Tu as alors un grand chien noir, m'a précisé Mère, une bête méphitique semble-t-il que tu es allé chercher à la SPA parce que tu ne supportais plus d'être seul, et je me demande ce qu'on arrache de soi en premier quand on est seul, ce qu'on hait le plus de soi quand on est seul, de quelle mort on rêve quand on est seul.

Tu as environ sept cents euros par mois d'aide au titre d'une « affection longue durée » – c'est étonnant, ne trouves-tu pas, ce nom d'*affection* qui signifie aussi attachement, tendresse, amour, pour parler de souffrances et de ronces ? –, le Corbeau t'envoie des petits billets de temps en temps, enveloppés dans du papier carbone car il craint que les postiers ne les devinent et te les chouravent, mais l'argent est de la bibine entre tes doigts, altère ta vue et sur les murs de ton studio les paréidolies poétiques font place à quelques monstres, d'obscures menaces ; te chignolent sans doute les entrailles le souvenir des serres du Corbeau sur ta peau, la dureté de son bec dans ton cou, sur ton ventre. Alors tu cries pour effrayer les images. Pour qu'elles se sauvent.

Une nuit ton chien te mord, il a faim, il grogne et tu as peur, alors tu descends avec lui sur le trottoir et là, tu lui ôtes son collier, la bête gronde, aboie et s'enfuit dans les ténèbres.

Ni Mère ni le Corbeau ne m'ont appris que tes fantômes te cassaient alors la gueule chaque nuit et qu'il avait fallu t'hospitaliser toute une année. Ils venaient parfois séparément te visiter. Se réjouissaient que tu reprennes du poids. Des couleurs. Mère m'a même plus tard confié que tu avais retrouvé ton rire. Elle était de nouveau confiante. De nouveau une maman heureuse.

Et puis tu t'es marié.

#136. Brooklyn, octobre 2024.

Une de mes filles et son mari sont là, passent une semaine chez nous à New York, alors je me réveille quand il fait nuit encore pour écrire jusqu'au moment où ils se lèvent à leur tour. Ce matin, elle me demande sur quoi je travaille. Je n'aime pas trop parler d'un livre tant qu'il n'est pas encore un livre, tant que je n'ai pas eu le courage du point final, tant que le texte ne s'est pas cogné au regard de ma femme, à la lecture de mon éditrice. Alors je feinte :

– Sur mon frère.

Et la voilà qui sourit, comme pour elle-même, et lâche :

– Je suis fière que tu donnes une place à qui a eu la parole étouffée.

Tu vois, nous sommes déjà deux à vouloir que tu vives.

#137. Mariage R. et C., Rennes, samedi 16 janvier 1993.

À quinze heures, lorsque votre mariage a été prononcé, il faisait à peine 12° C dehors.

Dans la salle de la mairie, il y avait les deux fils de ta femme – quinze et dix-sept ans, elle les avait eus jeune, deux petites baraques, regard méchant, dents pointues –, et le Corbeau, la seule personne de la famille que tu avais conviée. Pas de lancer de riz à la sortie, pas de vieilles voitures de collection avec serpentins, casseroles et fanions, juste vous cinq, à pied, en direction du Saint-Sauveur, sis dans la rue du même nom, gargote située dans la troisième plus vieille maison de la ville, poutres du XVe et murs au lait de chaux.

Sous son épais blouson de cuir de voyoute, ta femme porte une robe blanche et tient à la main le petit bouquet de jasmin que tu lui as offert ; toi, tu flottes dans un costume trop grand, mais tu t'en fous, tu l'as acheté pour l'occasion quarante balles sur un marché, à ce prix-là, on ne fait pas trop le coquet. Apéro. Les gamins carburent aux demis, le Corbeau à la Pelforth brune, ta femme au kir royal et toi au pastaga version velue, une dose de pastis, une dose d'eau – et tu me remets la petite sœur, Marcel, et sa jumelle aussi ; et ça chauffe, et ça parle fort, et re-tournée générale pour fêter les amoureux ; ta femme te roule des pelles goulues, ça applaudit, ça excite les gars ce genre de patins, pour un peu on vous demanderait de niquer sur place, alors le Corbeau mal à l'aise décide de s'envoler, prétexte les cinq cent soixante bornes jusqu'à Cambrai, il te serre contre lui, t'embrasse, c'est rare, il sait qu'il te perd vraiment cette fois-ci, il lève les yeux vers toi, murmure son espérance que tu sois enfin heureux. Elle a l'air gentille, dit-il, mais voilà que la gentille vous bouscule, claque brièvement sa bouche sur la sienne, Faut pas être bégueule avec nous, beau-papa ! lâche-t-elle en pouffant sous les vivats enivrés, et je suppose que le Corbeau te dissimule alors son regard triste, son effroi léger, abandonne à regret ta beauté, ton charme, tes épines à cette femme plus âgée que toi, à ses deux dobermans de fils, au bord de ton nouveau précipice et, quand il se retourne brièvement une dernière fois, il te voit rire, lever haut ton verre et trinquer avec ta femme, ces inconnus, ta joie étrange. C'est, au cœur d'une ville, un mariage de hameau, de lieu-dit, pas même une salle des fêtes, chansons d'Annie Cordy, Lara Fabian, juste un bar, de la picole à flots, des cacahuètes, des chips, du sauciflard gratos parce que le patron t'a à la bonne ; la voilà, c'est ta vie, mon frère, mais je te l'ai dit, la vie n'aime pas tout le monde.

Plus tard, les deux mâtins te taxeront ton blé et quand tu refuseras, ce sera des baffes, et ta femme les défendra, en bonne louve, Oh, ils sont jeunes, faut bien qu'ils s'amusent un peu, et un jour de colère – disons 1,5 g/l –, tu te mets à tout péter dans l'appartement, la télé vole, la table en verre se brise, les chaises se démantibulent, tu hurles, ta femme hurle, les voisins hurlent, menacent d'appeler la police, tu es un fait divers, une gueulante conjugale, un chagrin qui se répand, et voilà que tu t'effondres sur toi-même à la manière d'un accordéon au milieu des ruines de ta vie, et tu pleures, et tu es seul, et ta femme vient se vautrer près de toi, vous ressert un coup – Allez tiens, ça va nous faire du bien.

Le mercredi 3 juillet 1996, quand tu rentres chez vous, tu découvres ta femme dans la baignoire, l'eau est rouge, sa peau est diaphane, son visage délicatement penché sur le côté – elle a un bracelet carmin à chaque poignet.

#138. À Brooklyn, octobre 2024.

Ma fille avec laquelle j'évoque ce désastre se souvient de t'avoir alors envoyé un dessin. Elle se rappelle même que tu avais téléphoné pour la remercier et que ta voix était bizarre. « Bizarre » est un mot de petite fille de cinq ans pour dire « Je ne comprends pas ce qu'il dit ».

#139. R., à Croix (Nord), en 1996.

Tu as trente-cinq ans et tu es veuf. Tu reviens dans le Nord. T'installes non loin de chez Mère parce que la solitude t'effraie. Parce que tu ne sais plus prendre soin de toi. Laver ton linge. Te faire à bouffer. Tu maigris. Tu dépéris. Mère réendosse ses habits de maman alors qu'elle rêve d'être une femme qu'on emporte enfin, qu'on aime et qu'on bouscule doucement – elle a d'ailleurs le cœur qui bat pour un prof de la Catho où elle suit des cours de patristique et d'eschatologie, mais le gaillard a les yeux ailleurs, il tartarine auprès des jeunes étudiantes qui papillonnent alentour, et comme Mère n'est pas friponne pour un sou, elle reste dans la grisaille, s'éteint dans la transparence.

Tu es devenu un fils qui va tuer sa mère.

#140. Dans le jardin de Claire, août 2022.

Sur un CV tu as écrit : « Arrêt pour longue maladie, de 93 (invalidité temporaire à 67 %) à 2002 et guérison. »

Guérison – de guérir. C'est un mot que j'aime bien, « guérir ». Il y a guerre au début, il y a rire à la fin. C'est une victoire. Une guerre qui finit par un rire.

Notre beauf s'est réveillé tout à l'heure, il s'est étiré, a poussé un grondement d'ours, est sorti de la piscine. Claire lui a demandé, effarée, si l'éponge posée près de l'évier de sa jolie cuisine était celle des toilettes, il a grommelé de l'inaudible en rougissant, elle a crié C'est dégueulasse, t'es dégueulasse ! et je me suis proposé pour refaire toute la vaisselle avec une éponge neuve.

Il n'y a pas vingt-quatre heures que tu es enfoui dans la terre et la vie t'a déjà repoussé dessus. On redevient vite du vent. Un petit brin de rien.

#141. Spleen à Brooklyn.

As-tu remarqué que lorsqu'on donne la vie, on donne aussi la mort ? Rien n'est jamais parfait, en fait.

#142. Crépuscule du matin, Williamsburg, novembre 2024.

L'aube, ce moment précis où le soleil est à 18 degrés sous l'horizon, où le ciel prend une teinte bleu pâle, grise quelquefois, et qu'une lueur satinée point, m'est toujours un moment propice à un bref vagabondage.

Ce matin, mon esprit s'aventure furtivement dans mes lointaines heures de pensionnaire, un cours de catéchisme, où l'on nous apprenait que la fraternité était une *attitude* – il ne s'agit pas de savoir qui est ton frère mais de qui tu peux te rendre proche.

Je ne suis décidément pas ton frère.

#143. Moi, à Brignancourt (Val-d'Oise), année 95.

Car je ne suis pas proche de toi, loin de là. Je suis dans des avions qui m'emmènent au Cap, à Budapest, Mexico City, Fort-de-France pour y tourner des réclames pour du café, des nettoyants ménagers, du papier-toilette, des préservatifs ; je me déplace dans ma grosse bagnole allemande avec ma ravissante épouse et mes trois enfants maintenant – tu ne connais pas la troisième, tu ne connaîtras pas non plus le quatrième –, on vit sans toi, et lorsqu'on me demande si j'ai des frères et sœurs j'ai toujours une nanoseconde d'hésitation. Deux ou trois fois, mes mômes m'ont demandé de leur parler de toi, de leur montrer des photos et je leur ai donné à voir celles que j'avais prises dans le jardin de notre maison, devant les Pierre de Ronsard de Mère. Mes aînées t'ont trouvé beau, très beau, elles ont prudemment rosi, pas osé le dire, bien plus beau que toi, papa ; et lorsqu'elles ont cherché à savoir pourquoi nous ne nous parlions plus, toi et moi, pourquoi tu ne venais jamais, je n'ai pas voulu répondre car il m'aurait fallu évoquer ma honte, justifier mon incapacité à pardonner, à confesser ma peur de ta force, de ton imprévisibilité – j'avais neuf ans quand un gros bâtard de ferme, grognant, écumant, m'avait un jour coursé sur un chemin de campagne alors que j'étais à vélo, sa gueule baveuse, ses ratiches pourries avaient mouillé mon mollet, depuis j'ai les jetons des chiens, les foies de tout ce qui peut bondir sans prévenir, sans raison, et vous faire du mal, et tu as un soir été un chien. Tu m'as un soir sauté à la gorge, mordu au cou, tu voulais le broyer, faire gicler le sang – je me demande aujourd'hui si je ne me suis pas servi de ma lâcheté pour m'éloigner de toi, ne pas avoir à être un frère, un ami ; que tu sois juste une pensée.

#144. Spleen à Brooklyn.

Qu'ai-je perdu en perdant un frère ?

#145. André Gide, 1869-1951.

Nous sommes du même foutre et du même ventre, des mêmes tempêtes et des mêmes rires, fûmes de la même blondeur, de la même innocence et des mêmes crocs qui ont pareillement échancré nos peaux, pourtant je ris toujours et lorsque je bois ce sont des étoiles que je tiens au creux de mes mains et toi tu ne ris plus et quand tu bois ce sont des lianes d'épines qui poussent et aussitôt bâillonnent ton corps.

Il y a dans nos destins, me semble-t-il, dans la façon dont nous avons chacun cherché à survivre au Corbeau, une prophétique proximité avec cette sentence de Gide : « Je ne veux pas être aimé, je veux être préféré. » Je crois que tu voulais être aimé, que tu étais convaincu que ta souffrance aimanterait l'amour. Et moi, préféré – c'était le plus facile.

#146. Centre hospitalier de Tourcoing, juillet 1996.

Trois jours après le suicide de ta femme, c'est à ton tour. Te voilà à l'hôpital où tu fais une crise comitiale – décidément, tu m'apprends chaque jour un nouveau mot –, tu perds connaissance, ton corps est hanté de mouvements diffus, tu es dévoré d'hallucinations sensorielles ; on te garde plusieurs jours, te diagnostique un syndrome dépressif avec risque de passage à l'acte, on te gave de médocs et te recommande un suivi psy puis, lorsqu'on estime que tu vas mieux – mais comment peut-on aller mieux lorsque votre femme vient de se découper les veines au tranchelard, que votre famille vous néglige, que vos démons vous mitent chaque jour la tête, les ventrailles, le palpitant ? –, on te laisse sortir et je suppose que tu rentres directement chez toi, t'enfermes et attends. Mais rien ne vient plus. Tu es l'oublié. Tu es devenu le disparu.

Cet été-là, je reste dans ma maison du Vexin, notre troisième fille n'a pas encore un an, le jardin est grand, agréable, j'y grille des poissons, des petites côtes d'agneau, quelques légumes, tire à la carabine à plomb sur ces saloperies de pigeons qui colonisent le toit, partouzent sous les combles, et je me remémore brièvement nos mêmes dézingages de bestiaux quand nous étions enfants. La grand-mère tunisienne de ma femme est là comme chaque été ; elle regrette que nous n'ayons que des filles, *Musiba ! Musiba ! Malheur ! Malheur !* À la même époque l'année précédente elle avait secrètement contacté un rabbin au Beth Loubavitch de Pontoise au cas où la dernière petite aurait été un petit, la voilà aujourd'hui qui se console en cuisinant boulous, cornes de gazelle et kâak warka, et surtout en les mangeant.

Claire est sans doute en vacances. Mère voyage dans son salon. Le Corbeau est en villégiature conjugale au Touquet et personne, je suppose, ne sait rien de ce qui t'arrive, en tout cas, moi je ne sais rien, je n'ai d'ailleurs pas cherché à savoir, je t'ai perdu de vue comme on perd une illusion, une part d'humanité, et cette grande souffrance que je t'ai infligée, je la connais bien pour l'avoir à mon tour plus tard ressentie. Deux de mes enfants m'ont ignoré pendant de très nombreuses années – d'ailleurs, plutôt qu'ignoré, j'ai envie d'écrire *assassiné.*

Je crois donc que mon ignorance de toi a été assassine.

#147. À la table de travail, automne 2024.

Me revient en écrivant, et sans doute parce que je salive un peu à l'évocation ci-dessus des sucreries tunisiennes de la grand-mère, que nous déjeunions un jour au jardin, ce qui était peu fréquent, dans le parfum doux et sérieux des Pierre de Ronsard. Nous avions dressé la table toi et moi, puis j'avais apporté le Margnat du

Corbeau et la carafe d'eau, toi le petit moulin à poivre, la grosse salière, le pain, et Mère, une fois que nous étions tous attablés, l'immense plat de frites qu'elle faisait divinement. Mets le sel ! m'avait-elle lancé tandis qu'elle repartait chercher le poulet grillé, et je m'étais aussitôt exécuté, fier petit second de douze ans. Lorsqu'elle revint, et à peine eurent-elles porté les frites à leur bouche, que Claire et Mère les recrachèrent, dégoûtées – Mais… mais elles sont sucrées ! J'eus alors droit à un sérieuse savonnade pendant que ta blague te faisait te bidonner, jusqu'au fou rire, et c'est de cela que je veux me souvenir encore.

Tu étais aussi ce rire.

Et toutes les étiquettes qu'on a plus tard agrafées sur ta peau – dépression, anxiété, psychose paranoïaque, personnalité borderline, agressivité, abus de substances, détresse psychologique, etc. – n'étaient rien d'autre que les antonymes de ce rire qu'un adulte avait saccagé chez un enfant.

#148. Ordonnance du docteur Trilleau, 29 janvier 2019.

Venlafaxine 75 mg. Oxazépam 50 mg. Olanzapine 10 mg. Tercian 25 mg. Desmopressine 240 mg. Alfuzosine chlorydrate 10 mg. Tadenan 50 mg. Valproate 500 mg. Acide folique 5 mg. Baclofène 10 mg.

On doit pouvoir buter un cheval avec moins que ça.

#149. Mère dans son salon, vers 1998.

Elle fume des Royale, plus rarement des Dunhill, et souvent son regard s'égare dans la fumée qui s'envole au-dessus d'elle. Ses doigts tremblent un peu. Elle a soixante et un ans. Elle est belle encore. Elle a renoncé à elle et depuis longtemps à l'amour d'un homme. Elle vit seule. Parfois, le dimanche, elle va déjeuner chez Claire, s'installe dans le jardin lorsqu'il fait beau, le beauf sort de la buanderie une de ses bouteilles qu'il déniche à la Foire aux vins à Auchan, Vous m'en direz des nouvelles, belle-maman, *ha, ha.* Le bordeaux l'enivre aimablement, alors, pour une heure ou deux, elle ne pense plus à toi, elle s'allège, rit avec sa fille, sa princesse, rêve d'une croisière dans le Péloponnèse, évoque l'achat d'une petite maison à Hardelot, dans la forêt, des balades sur la plage et des Noëls tous ensemble, Toi et tes frères, murmure-t-elle, et Claire promet qu'on sera un jour tous réunis, comme on l'était au Corbier l'hiver 69, une famille normale, une famille heureuse ; et puis elle rentre chez elle, dans son petit appartement, s'assied de nouveau sur son canapé, allume une cigarette, parfois la télévision, elle aime bien regarder les informations, elle laisse le son courir, même lorsqu'elle ne les suit pas, car le silence l'effraie un peu : tes plaintes et tes fureurs risqueraient de s'y engouffrer et il lui semble qu'elle pourrait mourir de te porter autant parce que tu es un homme en détresse et que la détresse est ce qu'il y a de plus lourd chez un homme, pourtant, c'est ce qu'elle va faire, seule, seule comme jour après nuit, comme froid, comme pluie, seule pendant treize ans – te tenir, te soutenir, te retenir –, jusqu'à ce matin d'été magnifique, ciel bleu sans nuages, déjà 16° C à sept heures, ce matin où elle ne se réveillera pas, et je réalise soudain que je ne l'ai jamais vue pleurer.

#150. À Paris, l'été des JO.

Le 24 août 2024, au téléphone, ta marraine, sa jumelle, me déclare qu'il y a plus de quinze ans, Mère est « morte à cause de la souffrance que tu lui as causée ».

#151. Dans le jardin de Claire, août 2022.

La nuit est tombée depuis longtemps, il fait toujours très chaud, et des jardins alentour où des lampions ont été allumés on entend des rires, des corps d'enfants plonger dans les piscines, des aboiements joyeux, on sent encore l'odeur des viandes grillés, celle d'un pétard ; plus loin, vers la rue de la Jonchère, à la guitare on chante Brassens, « Gare au gorille », et voilà que de closerie en closerie, le refrain est repris en chœur, une aimable ivresse de voisinage, un petit miracle humain, les rimes du chansonnier rebondissent jusqu'au jardin de Claire, sur la table autour de laquelle nous sommes tous les deux, elle sourit mais ne chante pas, pas le cœur à ça, tête de déterrée notre sœur, elle s'empare de mon verre, le porte à ses narines, ferme les yeux, hume le vin, Ça me manque parfois, dit-elle, ça me donnait l'impression d'être plus forte, plus drôle. Puis le gorille disparaît dans les ombres, les rires s'éteignent, et elle me reproche à voix basse de t'avoir abandonné. M'en veut de l'avoir laissée seule s'occuper de toi depuis la mort de Mère, voici presque treize ans. Elle dit que ton argent devrait lui revenir. Que l'argent facilite le deuil. L'acceptation.

De sa poche, elle sort un papier couvert de chiffres. C'est une estimation des heures que je lui ai consacrées, poursuit-elle. Les visites, l'administratif, quelques vêtements, un peu de nourriture, les déplacements chez les médecins, à l'hôpital. Environ trois heures et demie par semaine pendant près de treize ans. Je compte trente-deux euros de l'heure, c'est ce que je suis payée. Cela fait donc trente-deux euros fois trois heures et demie, fois quatre semaines, fois douze mois, fois treize ans, j'arrive à un total de soixante-quinze mille euros. C'est ce qu'on peut espérer de la maison.

Je me suis resservi un grand verre de Blaye du beauf, légèrement boisé, facile à boire, j'ai l'impression d'être dans un de ces films qui réunissent une fratrie autour d'un deuil – lumières douces, musiques empoignantes, souvenirs tendres, et puis la fissure.

Il est bien rare que les morts ne démembrent pas ceux qui restent.

#152. Dans la chambre d'un des enfants, août 2022.

J'abandonne Claire à sa triste sobriété, remonte dans la chambre d'un des enfants, je suis un peu soûl, je m'effondre sur le petit lit et je pense à tes ivresses. Elles enfantaient des colères et des fureurs, qui sont la langue du chagrin. Conséquemment, celle de l'espérance.

Jusqu'au bout, tu as espéré être sauvé.

#153. Centralia, PA, 1962.

Tandis qu'elle sort avec ses courses d'une supérette rue de la Gare, elle te voit mendier, assis par terre sur un carton, un chien jaune couché près de toi. Elle détourne la tête et se sauve, m'a-t-elle raconté. Dans la voiture, ses mains tremblaient, elle ne parvenait pas à insérer la clé de contact. Elle paniquait, priait pour que tu ne la voies pas.

Une mère ne peut pas supporter toutes les chutes d'un fils, sauf à choisir de dégringoler avec lui.

T'ai-je dit que l'une de mes filles danse sur un

volcan, qu'elle se consume sans fin, comme cette mine de charbon à Centralia, en Pennsylvanie, qui sous terre brûle continuellement depuis 1962 sans que l'on parvienne à l'éteindre, et que lorsque je lui ai tendu les mains pour tenter de la sauver, mes mains à son contact ont flambé. Je n'ai désormais plus que des mots pour la soutenir. Des mots, et cet étrange amour qui tient autant de notre même sang que de l'envie de secourir un être humain.

Il y a deux ans, j'ai commencé à me relier à toi avec des mots.

#154. R. et Mère, dans les années 2000.

Te voilà à vivre plus d'une décennie dans un studio non loin de l'appartement de Mère, à tourner en rond, à adopter puis abandonner des chiens, à cramer tes allocs en offrant des coups au café du coin et à ramoner triste des arpenteuses de la rue du Peuple-Belge.

Plus d'une décennie à être de nouveau un petit dont la maman prend soin, s'occupe du ménage, du linge, du repassage – comme le Corbeau avec sa mère et je suppose que cela ne t'aura pas échappé –, mais un petit de trente-cinq ans, colérique, capricieux, imprévisible et déconcertant à la fois, capable de débarquer un soir chez elle avec un gâteau au yaourt ou au chocolat qu'il a fait lui-même et capable, dans l'heure qui suit, de casser ce qui lui tombe sous la main. Tu es un enfant d'une tonne qu'elle tente de maintenir debout vaille que vaille, et à la fois une porcelaine trop fine, trop fragile. Elle s'épuise, mais tu ne le vois pas. Son corps se tord, se noue, se raréfie, mais tu ne le vois pas. Sa peau se grise et son regard s'éteint, mais tu ne le vois pas. Et le soir, dans son deux-pièces, lorsqu'elle retrouve la solitude – devenue « presque une amie » comme la chantait Moustaki –, elle ne mange plus, elle décapsule une bière, se remet à fumer, avec cette élégance toujours, qui avait tant séduit Yvette, elle s'enfuit loin d'ici, loin de toi, de ce tombereau de souffrances ; parfois, somnolente, elle finit par s'endormir sur le canapé, se réveille chiffonnée au cœur de la nuit, se demande où elle est, se demande si elle est morte.

Dis-moi, l'as-tu déjà vue pleurer ?

#155. Après 2003.

Tu as envoyé des CV comme on souffle sur les aigrettes d'un pissenlit et tu les conclus en disant souhaiter t'investir au sein d'une entreprise « car je suis motivé, courageux et travailleur ».

Courageux – c'est de toi l'adjectif qui me fait le plus pleurer.

#156. Dialogue de film.

– Quel est ton problème ?
– L'alcool.
– Non. Ça, c'est ce que tu as trouvé comme solution à ton problème. Je te repose la question. Quel est ton problème ?

#157. Dans la chambre d'un des enfants, août 2022.

Au cœur de cette nuit de canicule, j'entends Claire et son mari discuter dans leur chambre, et lorsque sa voix porte davantage, il tonitrue des Chut ! et des Moins fort ! Elle est furieuse car elle a appris cette après-midi que j'étais le seul légataire de ta piètre assurance-vie – et elle s'estime escroquée.

#158. Le dernier portrait, 2009.

Je n'ai jamais vu la photo qu'a faite Claire de Mère morte.

J'ai par contre vu son corps mort, chez elle, dans sa chambre, figé dans la position assise, la jambe droite hors du lit, le pied visant la pantoufle au sol. Elle s'apprêtait donc à se lever quand la grenade a explosé dans sa tête, AVC, apoplexie terrassante. Son visage était pétrifié dans une expression de surprise plus que de douleur ; il penchait sur le côté, la bouche était déformée, les lèvres semblaient avoir coulé comme une cire, une larme de chair, et si je décris tout cela c'est parce que tu ne l'as pas vue, tu as préféré rester chez toi à pleurer sans fin et à boire complaisamment tes propres larmes de picrate et de gnole, tu n'as pas vu le corps défunt de ta mère, cette enveloppe soudain si rabougrie, évidée, qui t'avait enfanté et aimé plus que tout car si elle te donne d'abord la vie, une mère finit toujours par te donner la sienne.

Sache enfin que son corps déserté tout comme le tien est resté là plusieurs jours avant qu'on le découvre – et je ne peux m'empêcher de soupçonner entre vous un lien singulier, une étonnante gémellité.

C'est Claire qui l'a découverte. Claire qui devait l'appeler depuis plusieurs jours et qui s'est inquiétée de ce qu'elle ne réponde pas quand elle s'était enfin décidée à le faire. Deux fois, dix fois. Claire qui alors a pressenti le sordide, le désastreux, s'est rendue chez elle, a ouvert la porte d'entrée et aussitôt a su – c'est paradoxal, ne trouves-tu pas : on ne connaît pas l'odeur de la mort et pourtant on la reconnaît aussitôt.

#159. À la table de travail, Brooklyn, novembre 2024.

Je me demande si Claire a voulu un jour s'arracher les yeux, la peau, se couper, se manger la bouche, car comment demande-t-on pardon à une mère et à un frère qui n'ont plus d'oreilles ni de visage ?

#160. Mozart, 1791.

La messe n'était pas belle. Aucune messe de funérailles ne peut être belle, même agrémentée du *Requiem* de Mozart.

#161. Des chaussons rouges, 2010.

Poussèrent alors les années sombres.

Une autre de mes hypothèses est que la disparition de Mère t'a tout bonnement anéanti. *Anéanti* : qui se perd dans quelque chose, dans le néant. Te voilà orphelin, âme errante ; te voilà boiteux et incomplet. Tu n'as soudain plus de nord, plus aucune aimantation, tu es une toupie, un vertige, et lorsque tu te cognes tu ne ressens plus la douleur – la douleur, c'était elle. C'était sa peine, son regard magnanime sur toi. Dorénavant tu ne te vois plus qu'avec tes propres yeux et tu te demandes où est passée ta beauté, pourquoi rien ne dure jamais, une grâce, une mère, et tu hurles, bordel de merde, tu cries à l'injustice, à la saloperie du monde, et tu jettes de rage des bouteilles vides de pinard contre le mur et plus tard, quand tu marches pieds nus dans les éclats de verre, tes pieds se chaussent de rouge, mais tu n'as pas mal, tes cris sont désormais muets. Voilà, tu es tout seul.

Parfois tu danses avec tes chimères, tu danses jusqu'à la chute le samā des soufis ; parfois tu ris au visage de tes fantômes, tes larmes flottent et grondent en toi, et la nuit, dans l'invisibilité du silence, tu parles à Mère.

#162. La dernière femme, 2010.

Voilà dix ans que j'ai refait ma vie. Je vis avec une femme que tu ne connais pas, dans un appartement que tu ne connais pas, un quartier, des restaurants que tu ne connais pas, je lis des livres que tu ne connais sans doute pas et parfois, à cause d'un frère dans un roman, dans un film, je ressens un vide que je ne connaissais pas.

#163. Au 8 de sa rue, 2008.

Et nous voici quartier Sainte-Élisabeth, à Roubaix.

C'est là que tu achètes une petite maison avec le

petit héritage de Mère. Une maison étroite, tout en longueur, sans jardinet à l'arrière, salon, salle à manger, cuisine, carrelage blanc-gris au sol, papier peint aux murs et une salle d'eau dans laquelle tu vas mourir.

Non loin de là, rue de Lannoy, il y a un modeste magasin pour la bouffe et le vin, l'épicier t'aime bien, il a un fils d'à peu près ton âge, comme toi, enfin, pas tout à fait, dans la drogue, lui, des trucs vilains qu'on ne souhaite à personne, alors ta gueule de décavé certains jours, la tremblote de tes pognes, tes mots qui se mélangent dans ta gorge, ça ne l'effraie pas. Il est dans le compatissant, dans la fraternité justement. Parfois, y te compte pas des trucs, un paquet de Tuc ou quatre Knackis, un rocher Suchard, y te dit qu'il est là si t'as besoin, au cas où, mon gars, rien pu faire pour le mien alors si je peux m'rattraper avec toi, c'est bonard. De temps en temps tu vas prendre un repas au Secours populaire, de l'autre côté du boulevard de Belfort, parce qu'on t'a placé en curatelle renforcée et que l'argent t'est donné au compte-gouttes, quatre-vingts euros par semaine, soit onze balles et demie par jour – un paquet de Marlboro, deux litrons de Rougefeuille et une boîte de cassoulet William Saurin. Cette curatelle est ta camisole. Elle te rend fou.

Alors tu harcèles le Corbeau pour qu'il t'en libère, mais le Corbeau est aux abonnés absents. Il a convolé avec une petite bonne femme parce que sa maman est en Ehpad et qu'il a besoin de quelqu'un pour lui faire à manger, son linge, la conversation, une pipe de temps en temps, ou une branlette ; c'est un homme qui se soustrait à toi désormais, terrifié à l'idée que tu débarques chez eux, que tu casses, vitupères, menaces son épousée ; c'est un homme qui a renoncé à être un père, une montagne capable de soulever des montagnes – mais il ne soulève plus rien, il a maintenant besoin d'aide pour se lever d'un fauteuil ; son corps qui nous a fait du mal est devenu son ennemi.

Alors tu harcèles Claire, longtemps. Jusqu'au jour où elle te jette dans ses indésirables.

#164. Madame Leroux, 2018.

Dans un courrier adressé à ton inflexible curatrice le 22 avril 2018, tu écris ceci :

« Je me permets de revenir vers vous. En effet, je tenais à vous informer que le montant de 80 euros que je reçois par semaine s'avère insuffisant.

« Je ne suis pas en mesure de m'acheter une paire de chaussures, du linge, des vêtements et parviens difficilement à finir mes semaines malgré beaucoup d'efforts de réduction de consommation à tous points de vue.

« Dès lors j'ai du mal à m'alimenter suffisamment et correctement et mon réfrigérateur est souvent vide avant la fin de la semaine. De plus, il apparaît que le montant de mes allocations mensuelles est habituellement de près de 800 euros. Je ne peux même plus m'acheter des produits d'entretien ni d'électroménager défaillant.

« Aussi, je vous serais reconnaissant de bien vouloir porter ma "vie quotidienne" du mercredi à 150 euros. (...) »

Je repose la copie de ta lettre sur la table en bois dans le jardin de Claire. Ma main tremble, mon cœur bat plus vite, et il me semble, pour un instant, manquer de souffle.

Ils me mangent, tes mots. Sont un acide.

Outre ma honte, notre honte commune – nous avions tous de l'argent, pouvions t'aider, t'emmener chez Zara Homme, Hilfiger, Levi's, où tu voulais, te refaire toute une garde-robe, même deux, même trois, chaussures comprises, remplir ton frigo chaque jour, mais nous ne l'avons pas fait, nous t'avons laissé dans la misère, comme un oiseau dans du mazout, comme une punition, une mortification de ta chair, une vengeance peut-être pour n'avoir pas été le fils promis –, outre tout cela, il est dans ton courrier un mot presque anodin qui, va savoir pourquoi, me brimbale le bide. C'est *défaillant*. Où as-tu été chercher cet adjectif si précis soudain, presque élégant, dans ta phrase tronquée ? Un mot que tu n'as probablement jamais prononcé de ta vie, mais posé là et qui me regarde. Je considère ton écriture calme, comme des lignes d'écolier, et mes yeux s'embruinent, ce simple mot entre en moi comme l'eau d'un fleuve, placide et puissant à la fois, et je ne me sens pas très bien à vrai dire, nauséeux et lâche, une espèce de merde liquide, sans doute parce qu'il m'apparaît qu'il n'est pas là par hasard, qu'il s'adresse à nous, est notre lettre écarlate.

Ce n'est pas ton électroménager qui est défaillant, qui fait défaut, décline, chancelle. C'est nous.

#165. Corvus corax.

Dans le comté de Peterborough, en Ontario, Canada, des corbeaux ont tué vingt-six agneaux en 2018. Cinquante, si l'on intègre le comté de Grey et le district de Thunder Bay.

Savais-tu que les corbeaux n'ont pas de prédateurs ?

#166. Brooklyn, hiver 2024.

Je pense à tout cela et me dis qu'écrire, c'est dénicher les mots qui font du bruit dans le silence.

C'est les cogner – les entrechoquer comme des silex jusqu'à ce qu'ils mettent le feu.

C'est accepter qu'ils nous brûlent.

Un mot qui ne brûle pas n'est que du vent.

Quand tu écris *défaillant*, c'est une grenade que tu fais exploser dans mon cœur. Tu me prépares à mon propre sang.

La littérature est fertile, et bonne pondeuse. Elle peut tout animer, au sens du latin *anima.*

La littérature donne une âme. Même aux enfants morts. Même aux étoiles envolées. Même aux chiens, aux corbeaux et aux crevures.

Prudence tout de même. On ne peut pas écrire avec tous les mots.

Chacun de mes livres m'a retenu de tomber et je crayonne celui-ci pour t'empêcher de mourir.

Un livre n'est pas une arme. Juste une faible espérance. Une fragilité.

Écrire, c'est dénoncer.

C'est la voix des morts.

Quand il reste les plus beaux mots.

Leurs noms.

Tu te nommes Renaud.

#167. Jean-Renaud, vers 1990.

Plus tard, une fois adulte, tu as modifié ton prénom pour Jean-Renaud. Peut-être pensais-tu qu'à deux le poids de tes valises de chagrin serait plus supportable ; plus sérieusement, je crois que tu voulais surtout effacer ou à tout le moins atténuer le prénom de l'enfant blessé et donc la blessure elle-même.

#168. Dans le jardin de Claire, été 2022.

Voilà plus de deux jours que je suis chez Claire à décortiquer tes papiers, tandis qu'elle s'affaire à trouver une autre agence immobilière qui ferait une estimation plus avantageuse de ta maison, à dénicher une entreprise pour les diagnostics de gaz, d'amiante et de plomb, à relancer l'assurance pour le bris de la vitre par les pompiers.

De son côté, bien que torse nu, le beauf essaie de se faire discret, il jardine avec conviction mais sans grand talent, et quand il sue trop, il saute dans l'eau trouble de sa piscine et je ne peux pas, à chaque fois, ne pas penser à Obélix plongeant pareillement dans *Le Bouclier arverne*.

Et soudain, ce papier à en-tête des urgences du Centre hospitalier de Roubaix.

#169. Une bonne recette, 27 février 2004.

Prenez quarante cachets de Seresta, avalez-les avec de l'alcool jusqu'à atteindre 2,47 g/l dans le sang, ajoutez quelques benzodiazépines, attendez quelques minutes et vous obtenez un cocktail d'autolyse parfaitement efficace – et te voilà aux urgences d'un hôpital, par une matinée grise de février, où l'on essaie de te maintenir en vie bien que la vie et toi n'ayez plus grand-chose à vous dire. Tu es vidé, au bout de tout, selon l'idée qu'on veut en finir lorsqu'on n'a plus rien à espérer ressentir. Plus rien ne t'émeut, ni la grâce d'un lever de soleil, ni la joyeuseté d'une chanson à la radio ou l'odeur beurrée des premiers croissants du jour et, mis à part une miss de trottoir cabotine face à ton oseille, aucune femme ne te convoite plus, ne t'accompagne plus, tu es seul. Claire ne décroche plus. Mère t'a demandé de la lâcher *un petit peu*, Tu ne peux plus m'appeler dix fois par jour, tu comprends, j'ai aussi besoin de me reposer. Il fait quasiment zéro degré dehors, on annonce de la pluie dans l'après-midi, les branches des platanes de ta rue t'évoquent des os broyés, sucés jusqu'à la moelle, des doigts prêts à t'étrangler, et tu choisis ce matin-là pour en finir. Je ne peux m'empêcher de penser que tu as privilégié une manière très féminine de t'effacer, car lorsque j'ai plusieurs fois moi-même envisagé de tout arrêter, j'entrevoyais toujours une chute – du dernier étage de notre maison, du toit d'un immeuble, j'avais même repéré quelques balcons de la tour Perret à Amiens quand j'y étais pensionnaire, quelques secondes de voltige et d'effroi avant un écrasement, une explosion de barbaque sur plusieurs mètres, du parmentier, une défiguration complète.

Les urgentistes te sauvent.

Sur son rapport, le psy écrit ceci : « Solitude, rejeté par ses parents, peur d'être agressé, attaque de panique, veuf, seul, dépendant à l'alcool et aux médicaments, a déjà fait DT [delirium tremens] ».

Il n'est pas encore tout à fait midi dans le jardin de Claire mais je vais me verser un verre de vin. J'ai froid, bien qu'il fasse déjà très chaud. Je ferme les yeux et je te vois, tu es allongé sur un lit de ferraille, ta bouche est intubée, tu es seul, et moi qui ai quatre enfants, je ne peux pas imaginer que l'un d'eux puisse mourir seul.

#170. Brooklyn, à la table de travail, novembre 2024.

Peut-on être le frère d'un frère qu'on laisse mourir ?

#171. Les deux sauvageonnes, années 2010.

Tu es terré chez toi.

Tu as peur de sortir parce que les deux sauvageonnes du coin de la rue te rackettent. Elles ont seize et dix-sept ans, elles sont de cette même beauté, du même envoûtement que la favorite algérienne du Corbeau – *iris verts, peau de velours, parfum de dattes et de jasmin au bas du ventre* – ; quand tu passes près d'elles, la plus jeune lève le haut de son survêtement et te montre ses seins, l'autre te demande dix balles pour avoir maté, sinon, c'est les frères. Elles diront que tu l'as harcelée, et avec eux, c'est dix fois plus cher. Sans compter les baffes. L'extorsion de ta montre. Le brigandage de ton portable. Je me suis toujours demandé pourquoi on te volait. Tu n'avais rien. Tu étais pauvre. De la vraie, unique, insoutenable pauvreté.

La solitude.

Chaque fois qu'on te filoutait, c'est ta solitude qui s'agrandissait, ouvrait grand sa gueule, prête à t'avaler.

Alors tu te terrais chez toi. Tu t'enterrais.

#172. Renaud chez lui, années 2010.

Même s'il ne parvient jamais à les asphyxier tout à fait, l'alcool noie pour un temps les démons. Il permet aussi de tenir face à l'ennui, de résister aux rongeurs en étant soudain accaparé par les émotions qui t'assaillent. Tu t'enivres seul et dans cette fête tu es roi d'un royaume où tu redeviens fort, tu retrouves toute ta beauté, tu bandes, tu t'imagines retourner place aux Bleuets, tu te vois en choisir une grande, une blonde de préférence, même fausse, lèvres gourmandes, croupe de malade, une audacieuse qui te rendra fou, te rendra ta gloire, et puis tiens, si ça se passe bien tu lui demanderas de venir vivre avec toi, tu lui diras que tu es un type de bonne famille, bourgeoise, et que vous vous sauverez l'un l'autre et tant pis si elle éclate de rire, se fout de ta naïveté, moque ta prétentieuse petite charité, c'est toi qui payes, tu peux poser ta misère sur son lit, mais voilà que la mélancolie déjà resurgit, rampe, te couvre comme un drap, gèle sur ta peau, tu ne bouges pas de ton fauteuil sauf à faire les quelques pas jusqu'à la cuisine pour te réapprovisionner, un shiraz qui cogne, ou une Gifle, une bière qui tape les 10°, t'en es à vouloir sombrer vite, le vide s'éternise, tu pleures, mais à quoi servent des larmes que personne ne peut essuyer, à quoi servent des larmes que personne ne peut boire, il ne t'est même plus possible d'appeler Mère – elle est morte, putain, morte, pourrie, bouffée, et j'y suis même pas allé, je ne l'ai pas vue, pas prié, je suis une couille, une chiasse, je l'aimais, Mère, elle m'écoutait, elle, c'était la seule, elle savait mes douleurs, comprenait, jugeait pas, elle savait que le Corbeau était un salaud, même si elle aurait aimé que je me reprenne, c'est possible de se reprendre, de se redresser, regarde mon frère, il est debout, il a une femme, des mômes, du pognon, il a vécu les mêmes claques, les mêmes saloperies que moi et il est debout, je me répète, je sais, fait chier, tout me fait chier, je vais reprendre un clebs, un p'tit cette fois-ci, ouais, et pis non, ça fait vioque un p'tit, ça fait mémé à chien, un berger allemand plutôt, et je te le balancerai dans la gueule aux deux putes du coin de la rue, la pétasse avec ses beaux nénés, salope, hé, les mots que j'ai dans ma tête, je les entends maintenant, comme si j'étais à côté de moi et que je me parlais, sont méchants les gens, me bousculent, m'aiment pas, tiens même ma sœur, elle s'en fout de ce que je vis, que j'aie des boutons avec du pus au cul, elle s'en fout de moi, je suis sa honte, bourge, catho de mes deux, avec son mari qui a toujours raison, qui sait toujours tout, je vais l'appeler, Claire, lui dire ce que je pense, t'es plus ma sœur, je veux plus de toi, t'as pas à t'occuper de mes affaires comme tu le fais, je suis pas con, alors la curatelle là, tu l'arrêtes, tu me laisses vivre, parce que là t'es en train de me tuer, tu vas avoir du sang sur les mains, je te le dis, moi – et tu l'appelles, et tu balances tout ça à son répondeur puisqu'elle ne décroche pas ; ta peine dégueule, ton ivresse noie pour un temps le démon et le démon, c'est toi.

#173. Un bord de trottoir, 2000.

Tu t'es viandé dans la rue. On te visse deux broches à l'humérus droit.

#174. Prothèse Merete, 2013.

On t'a posé une prothèse complète à la hanche droite. Tu as quarante-deux ans.

#175. Centre hospitalier, Roubaix, 2019.

On te fait un contrôle et on te découvre un carcinome épidermoïde du plancher buccal.

Le cancer de la vinasse, de la binouze et du tabac. Le cancer de la mauvaise vie, de la triste vie.

#176.

Ton corps est une guerre perdue.

#177. Anatomie, Brooklyn, novembre 2024.

Cela faisait quoi d'avoir tes mains ? Tes mains élégantes, tes longs doigts ? As-tu touché des peaux magnifiquement soyeuses ? Étranglé des femmes pour la jouissance, des chats pour le plaisir ? As-tu tenu un couteau à viande et dessiné sur ta peau tes regrets ? Combien de fois tes doigts ont-ils rempli ta bouche de cachets de Seresta ? Cela faisait quoi de posséder ta beauté ? D'être lorgné ? Convoité ? Méprisé ? D'avoir eu ton allure, ta désinvolture ? Cela faisait quoi d'avoir tes larges épaules, tes bras, de pouvoir embrasser un arbre centenaire, soulever des sacs de café de soixante kilos ? Cela te faisait quoi d'être touché par une fille, d'avoir le corps griffé, mordu, aimé, jeté ? Cela faisait quoi d'avoir ton corps élancé, gracieux – un guépard, si tu avais pratiqué le sprint – et de l'avoir scrupuleusement, jour après jour, détruit ? N'avais-tu pas reçu assez de coups pour que tu t'en infliges encore ? N'en avais-tu pas assez de te réveiller chaque matin dans un sac de souffrances, la bouche sèche, les dents molles, les côtes qui semblent se contracter pour poignarder ton thymus, percer tes poumons ? Marre de chier du verre, de pisser carotte ? Considérais-tu parfois tes mains en pensant qu'elles disparaîtraient un jour, ne retiendraient plus rien, que tes doigts s'effilocheraient, s'évanouiraient et que tout ton corps, en sus de la pisse et la merde qui s'en échapperaient, subirait le même sort, serait barbaque pour asticots, et, dans ce cas, en as-tu ressenti quelque langueur, un authentique chagrin, car je peux te dire que moi j'y pense lorsque j'écris et que cela m'accable, je regarde mes mains – je trouve toujours, contrairement aux tiennes, qu'elles ressemblent à celles du Corbeau et cela m'effraie de penser que j'ai une arme de son crime au bout de mes bras –, je regarde mes doigts qui emperlent les lettres, forment des mots, les malmènent, et je me demande toujours s'il me sera donné d'aller au bout de la phrase, parce que c'est long parfois, une phrase, on peut y mettre toute une vie. As-tu un jour commencé à avoir peur de mourir ?

#178. Elisheva (non daté).

Tu le sais, ma première femme était juive et j'ai donc eu le loisir de baigner, auprès de ses cousins, dans quelques blagues dont celle-ci. Voilà vingt ans qu'Elisheva mange des biscottes beurrées au petit déjeuner, et comme la pauvre a deux mains gauches, il y en a toujours une qui tombe face beurrée sur le sol. Mais ce matin, pour la première fois, la biscotte tombe sur l'autre face. Ébahie, elle court à la synagogue trouver le rabbin et lui demande comment il est Dieu possible que pour la première fois en vingt ans la biscotte soit tombée du côté non beurré. Le rabbin réfléchit, réfléchit, ne trouve pas de réponse et s'en va alors consulter les rabbanim. Le débat entre eux fait rage, le ton monte et, deux heures plus tard, le rabbin s'en retourne auprès d'Elisheva et lui dit : J'ai ta réponse, ma fille. Tu as beurré ta biscotte du mauvais côté.

Je crois que tu es tombé du mauvais côté de ta vie.

#179. Un chaman (non daté).

Au Brésil sont brûlés les corps des Indiens morts ainsi que toutes leurs affaires, selon l'idée chamanique qu'il faut les oublier, car le manque est une maladie et le deuil, un danger.

Je crois au contraire qu'on peut vivre avec nos morts, qu'ils peuvent même agrandir nos vies. Sinon, à quoi servirait d'être passé ?

#180. Ésope, VIIe et V^e av. J.-C.

Je pense que tu n'as pas fait assez attention le jour où l'on t'a raconté l'histoire de « L'enfant qui criait au loup », car voilà que Claire, avec laquelle nous parlons régulièrement, me raconte tes heures de messages laissés sur son répondeur, tes colères, tes menaces d'aller brûler sa maison, d'envoyer des gars, bandits que tu connais bien, copains de gnole, des prêts à dessouder pour cinq cents balles – Je suis comme un chat, dis-tu, et tu mets un chat dehors, c'est comme un chat sauvage, c'est tout, pas la peine d'essayer de m'adopter, je ne veux plus te voir, ça fait treize ans que t'es pas venue alors c'est plus la peine –, tu menaces de te tuer, d'aller rejoindre Mère. *Te tuer*, c'est l'équivalent du *Au loup !* du petit garçon de la fable d'Ésope, et on finit par en rire, Claire et moi, je me surprends même à gouailler qu'on te retrouvera un jour chez toi, mort depuis plusieurs jours, Oh, ne dis pas ça, s'étouffe Claire, c'est horrible, horrible, on aurait l'air fin si ça arrivait, *Au loup ! Au loup !* Et voilà que tu tombes dans ta salle d'eau, que ta bouche, là où est tapi ton crabe récidiviste ganglionnaire sous-digastrique droit, pisse le sang, que tu es probablement stone, bourré, pété grave, que tu reviens cotonneusement à toi, sans comprendre l'étrangeté de ce qui t'arrive, tout ce sang, ton immense apathie soudain, l'irréalité de la situation, il y a juste quelque chose qui cloche, tu tends ton bras, tes doigts, et quand tu attrapes ton portable, tu tapes rappel, tu tapes Claire, pour la dix millième fois, ta respiration est rauque, on dirait qu'un truc pousse dans ta poitrine, une bête qui se déploie, une pieuvre peut-être, ou un aigle, deux sonneries et puis c'est sa voix, la voix de ta sœur. – Je ne suis pas là,

et cætera.

#16 / La chute – tirage 6.

Tu ne tombes pas.

Tu t'agenouilles – comme pour une prière, comme au temps de la chourave de l'oseille pendant la quête à Saint-Géry. Tu inspires profondément et soudain, comme possédé par la frénésie de l'amok, tu tapes ta tête comme tu le ferais avec celle d'un autre, tiens, celle d'un de ces dealers à la con, contre le sol carrelé de ta salle d'eau. Tu tapes, et tapes, et tapes jusqu'à ne plus ressentir aucune douleur mais presque une joie ; tu la cognes encore, elle n'est plus la tienne, mais celle d'un monstre, d'un serpent mauvais, un corbeau omophage ; tu la broies jusqu'au silence et, plus tard, lorsque tu reviens à toi, édenté, les lèvres croûteuses d'hémoglobine, le cœur épuisé, pompant au ralenti, tu attrapes ton téléphone – je me demande si tu es alors soulagé ou effrayé –, tu appelles Claire et lui déverses toute ton histoire, tout ton sang sur ses mains.

#181. NYC, novembre 2024.

Bien que ce soit l'hiver, ce sont toutes les saisons pour l'heure qui semblent s'éterniser à New York. Le ciel est d'un bleu d'été, les parcs et les arbres d'une sensuelle rousseur automnale, la température d'une flatterie printanière et les sapins de fête qui viendront très prochainement, comme des vagues, colorer de vert les trottoirs lui donnent sa teinte romanesque d'hiver. Voilà plus de cinq ans que je vis ici la moitié de mon temps, au bord de l'East River, dans une langue que je connais à peine – mais j'aime cette incertitude, cet indistinct, cette façon d'être là sans jamais tout à fait y être. J'aime cet entre-deux. Il en va de même avec ma vue. T'ai-je dit que j'ai toujours souhaité que les verres de mes lunettes aient une dioptrie moindre que ce qu'il leur faudrait pour m'assurer une vision parfaite ? Ainsi je vois les gens, les visages surtout, sans les détails agaçants ou gênants, légèrement flous comme l'étaient ceux des actrices dans les films en noir et blanc des années 40, pense à Michèle Morgan dans *Le Quai des brumes* par exemple, ils m'apparaissent tous plus beaux, plus justes. Et là aussi, j'aime cet entre-deux. Tout cela pour te dire que j'ai un lien délicat avec *le réel*, une sorte de distance poétique ai-je envie de dire, qui m'apporte à la fois beaucoup de douceur mais en contrepoint quelques désillusions lorsque sa violence me saute au visage. C'est avec *la vérité* que j'entretiens un rapport plus méticuleux. Ainsi ta mort, réelle, n'est qu'une anecdote ; par contre, de ta mort la douleur vraie, l'injustice vraie, le chagrin vrai, sont universels, créent un langage qui nous rassemble tous, font les mémoires communes et les livres ; c'est le sens de celui-ci car lorsqu'on arrache un homme à l'oubli, c'est l'humanité qu'on accroît.

Peu avant de m'établir ici, je traversais une période de grande turbulence, que je raconte dans le livre que j'ai déjà évoqué, et j'avais ressenti l'impérieux besoin de dénouer tout cela avec l'aide d'un psy, on était alors en 2018, et c'est sur son divan que je me suis mis, outre du Corbeau et de Mère, à parler de toi, de ce qui nous était arrivé – la nuit funeste, Caïn et Abel, Osiris et Seth. Je m'entretenais de toi et il me semblait que certains mots bloqués depuis longtemps dérouillaient, retrouvaient légèreté, précision, mais ma voix s'enrouait encore au contact de certains autres, mon souffle m'oppressait ; parfois, mais je ne devrais pas te le dire, mes yeux se troublaient. J'ai passé de longues séances avec toi et m'étaient revenues des jolies choses, comme la semaine de ski au Corbier, ta blague d'avoir, un jour de frites, changé le sel en sucre, « Fernando », quelques bourres en mob, et c'est lui, mon psy, qui m'a alors conseillé de t'écrire, Un mot, a-t-il dit, juste un mot, même un simple bonjour. Dites-lui qu'il a existé pour vous. Qu'il n'a pas disparu. Et je l'ai fait. Au terme de trente ans de silence, je t'ai écrit, envoyé une carte postale qui figurait New York, l'un des gigantesques ponts que je vois d'ici avec en arrière-plan le One World Trade Center, c'était juste après les semaines de réclusion liées à la pandémie, ces semaines étranges et silencieuses – je me souviens des longues remorques réfrigérées à Brooklyn dans lesquelles s'entassaient les cadavres en attente de sépultures et j'avais pensé à certaines images de Lee Miller de 1945 ; je me souviens des juifs ultra-orthodoxes hassidiques qui priaient ici, autour de nous, sur les toits des immeubles car les synagogues étaient fermées, ils se balançaient hypnotiquement d'avant en arrière, on aurait dit un tableau de Magritte, une affiche d'un film de Wenders, c'était absolument surréel et beau, je les regardais en pensant qu'enfant c'est de là que j'aurais voulu chuter tandis qu'eux s'envolaient, on peut donc ne pas mourir du toit d'un immeuble –, je t'ai écrit et j'ai su un peu plus tard par Claire que tu en avais été prodigieusement heureux. Alors j'ai continué à t'écrire et, certains jours de fête, je te faisais porter un repas, quelques bières, des gâteaux. Ainsi nous allions précautionneusement nous retrouver, certes fatigués, abîmés et vieillis, mais peut-être frères. Enfin.

#182. Pain, amour et jalousie, Luigi Comencini, 1954.

Mais tu as chuté dans ta salle d'eau, ta tête s'est fendue en deux et Claire m'a accusé de t'avoir écrit et envoyé quelques becquetances pour t'amadouer afin de faire main basse sur ton artiche.

#183. Dans le jardin de Claire, août 2022.

L'atmosphère devient irrespirable.

Hier soir, le vin et la chaleur firent de bien mauvaises épousailles et les esprits s'échauffèrent, surtout le mien – comment notre sœur peut-elle me prêter de telles intentions sauf à les avoir imaginées pour elle-même ? Il me semble que l'on se défait aisément de ses propres immondices sur le dos des autres, aussi ai-je décidé ce matin d'avancer d'une journée mon retour à Paris, je partirai tout à l'heure, après avoir rencontré ta curatrice. Pour l'instant nous voici, Claire et moi, de nouveau attablés au jardin, c'est l'heure du café qui embaume, du pain frais, du chant des moineaux et des mésanges, une marche de Debussy qui s'envole d'une fenêtre chez les voisins, le beauf lit son journal sur un transat à l'ombre sèche de son tilleul – le pape refuse d'ouvrir une enquête canonique contre le cardinal Marc Ouellet, accusé d'agression sexuelle au Canada, en Corse, les orages et les vents de 224 km/h ont fait des dégâts considérables, Jenifer est de retour avec son single « Sauve qui aime », mais rien sur toi, ni en faits divers ni en nécrologie, il ne reste déjà plus rien de ton passage ici, pas d'encre qui trace ton nom, pas d'empreintes dans le sable, pas de cendres dans le vent, tu n'es plus qu'une bidoche mitée dans un trou, un trou dans un trou noir.

C'est alors que je demande à Claire ce qu'il y avait sur ton téléphone. Elle sursaute, rougit, bafouille. Rien, répond-elle, rien, il avait tout effacé. Même dans un roman je n'oserais pas une telle énormité à ce moment-là de l'histoire. Elle se lève brutalement, la chaise manque de verser, va dans sa cuisine et revient avec ton téléphone qu'elle jette entre nous à la manière des chevaliers qui jetaient à terre leur gantelet pour provoquer un duel. T'as qu'à regarder si tu ne me crois pas. Vas-y. Je ne la crois pas. Je ne crois pas qu'un type à l'agonie, la gueule défaite comme une citrouille éclatée, baignant dans son jus carmin, irait effacer son journal d'appels, ses textos, tout son historique. Je crois qu'il appellerait au secours car je crois intimement que même dans ses dernières secondes on espère encore – « Un jour, deux jours, huit jours », suppliait Piaf, et j'oserai, plus pragmatique encore :

« Même une heure, même une demie » – mais pour cela, il faut être secouru.

#184. Le téléphone de Claire, août 2022.

Il t'appelait tout le temps, dis-je à Claire. Il y a forcément des traces de ses appels sur son téléphone. Je te dis qu'il a tout effacé. Regarde sur le tien alors, on verra ses messages. Je l'ai bloqué, lâche-t-elle. Alors fouille dans tes indésirables. Elle est pâle soudain, pratiquement de la couleur d'une syncope. Ses yeux papillotent, cherchent ceux de son mari, là-bas, au fond du jardin, elle voudrait l'appeler à l'aide, mais il est ailleurs, dans les tourments du monde. Je la regarde et je sais que mon regard est mauvais. Alors elle déverrouille son téléphone, pianote sur les touches, scrolle, et ça y est, tout apparaît. Tes dizaines d'appels sont notifiés, et autant de messages. Écoutons-les, intimé-je. Elle hésite, elle pourrait tomber dans les pommes. Nous y sommes. Elle y est.

Ton dernier message dure exactement cinquante-huit secondes. Il est un long râle, des mots qui n'éclosent pas, une insupportable douleur, tu meurs et c'est effrayant, puis plus rien. Claire laisse échapper un cri. Le beauf sursaute. Se précipite. Elle s'enfuit dans la maison. C'est fini. Tu n'as pas été sauvé.

#185. Quartier Martyrs, Paris, 18 et 19 août 2022.

L'immeuble est dépeuplé et je suis seul à Paris dans notre vaste appartement. Le parquet craque lorsque je m'y déplace. J'écoute Leonard Cohen sans l'entendre, sa voix lointaine est avalée par les bruits de la rue, il fait si chaud que j'ai ouvert grand les fenêtres, mais je connais bien les paroles de cette chanson : « *And what can I tell you my brother, my killer / What can I possibly say ? / I guess that I miss you, I guess I forgive you / I'm glad you stood in my way** » – j'en ferai sans doute l'épigraphe de ce texte s'il devient un jour un livre, mais pour l'heure je suis assis et je bois un verre de Ventoux, c'est un vin que tu aimerais, il possède un fort goût de fruits rouges, des notes de réglisse, de truffe

* Et que puis-je te dire mon frère, mon tueur ? / Que puis-je dire ? / Je suppose que tu me manques, je suppose que je te pardonne / Je suis content que tu aies été sur mon chemin.

et, plus lointainement, de cuir, je le repose, regarde les larmes du vin couler lentement sur les parois et voilà que ce sont les miennes qui coulent à présent, je me lâche enfin et je ne savais pas qu'on contenait autant de larmes. Il me semble que je ne pleure pas tant ta disparition, ce qui serait assez singulier, que l'espérance gaspillée de nos retrouvailles.

Il a fallu ta mort et ce qu'elle m'a dévoilé pour que je ressente enfin cette fraternité. Cette si puissante ligature entre nous.

Hier, lorsque j'ai rencontré ta curatrice, je lui ai demandé de me parler de toi. Qu'elle me raconte un peu. Elle t'aimait bien. Elle trouvait que tu n'avais pas eu de chance. Que, lorsque tu le voulais, tu étais gentil. J'aime bien cet adjectif – ça se perd, la gentillesse. Au moment de nous séparer, elle a baissé la voix. La dernière fois que je l'ai vu, m'a-t-elle confié, il m'a avoué qu'il avait été abusé. Par qui ? ai-je aussitôt demandé. Je ne crois pas que je puisse vous le dire, m'a-t-elle répondu. *Notre père*, ai-je murmuré, sans que ce soit vraiment une question, et son mutisme a chuchoté un oui, alors ce sont nos silences que je pleure enfin, mon frère, mon tueur, ce lien que nous avions et que nous ignorions de l'autre ; nos peines jumelles, nos corps mordus et nos peaux déchirées. Tandis que Cohen bourdonne maintenant son amour et ses adieux à une certaine Marianne et « grimpe sur une montagne pour y laver ses paupières avec de la pluie », dans celle de mes larmes, comme une trouée lumineuse au ventre d'un ciel sombre, un sourire affleure sur mon visage, oh, bien timide encore, pudique même, une esquisse en tout cas qui révèle ma joie naissante à me savoir enfin frère – de chagrin, de souffrance. Mais un vrai frère.

Je ne suis plus seul.

#186. Le grisbi, été 2022.

Claire a sans doute effacé tous tes messages, elle a gardé l'argent de la vente de ta maison ; quand tu es mort, elle a perdu deux frères.

#187. Un soir à la maison, 1971.

La maison danse de mille bruits et chante de mille cris – Ah, où est le fer à friser ? Je ne trouve pas mon fard à paupières ! Maman court partout, en peignoir, des bigoudis roses comme des petites saucisses mal cuites sur la tête, elle a mis ses lentilles de contact et son regard est soudain immense mais pas assez pour voir le fer à friser que tu caches malicieusement dans ton dos, elle s'affaire et nous la suivons en riant comme deux insupportables chatons ; papa est dans la salle de bains, se rase pour la seconde fois de la journée, il est en maillot de corps, des poils dépassent de l'encolure et tu pouffes en imitant secrètement un singe ; il y a une joyeuse barjerie ce soir à la maison, à l'instar de celle des Vanderhof dans le fameux film de Capra. Ils sortent, soirée costumée chez des amis pour les quarante ans de l'un d'eux, et la fille de quinze ans des voisins ne va pas tarder à arriver pour nous garder, tandis que notre petite sœur dort chez une tante. Nous avons le droit, ce soir, exceptionnellement, de regarder à la télévision le nouveau feuilleton d'Arsène Lupin, avec Georges Descrières, et pour le dîner, maman nous a préparé des crêpes au jambon et au fromage, de la mousse au chocolat et une surprise. Allez, allez, filez, ne restez pas dans mes pattes, vous allez me faire tomber ! lance-t-elle sans méchanceté. Dans la salle de bains, elle rejoint papa, passe sa main sur sa joue afin d'en apprécier la douceur et ce geste nous apparaît d'une grande sensualité, papa tourne alors son visage vers le sien, pose ses lèvres sur les siennes et nous manquons, toi et moi, de nous étouffer, nous rougissons, nous nous pinçons, c'est la première fois que nous les voyons s'embrasser, maman baisse furtivement les yeux et, malgré les bigoudis, elle est absolument ravissante, qui est ici synonyme d'amoureuse, puis elle semble revenir à elle, attrape son crayon khôl, l'ouvre, l'applique sur le bord intérieur des paupières de papa, il grimace, surjoue l'incommodité, Arrête de faire l'idiot, dit-elle, je vais finir par te crever un œil ! Quand elle a terminé, il se tourne vers nous, fait les gros yeux, pousse un terrifiant cri de bête, nous nous réfugions sur le palier en hurlant, c'est une terreur ravie, un effroi charmant – il me semble les entendre de nouveau ces rires d'enfants que nous avions ce soir-là, ils frôlaient l'hystérie de la joie, celle que Bergson qualifiait magistralement d'« enfance revivifiée ».

On sonne à la porte. Allez ouvrir à Olivia ! crie maman, et nous descendons les marches à toute berzingue, la voisine est là, elle a l'air gentille. Viens, viens, lui dis-tu en attrapant sa main, viens voir maman en train de maquiller papa !

Maman a enlevé ses bigoudis, ses cheveux font des vagues blond vénitien et paraissent couler sur ses épaules, comme les coiffures des actrices de cinéma, et papa a gominé les siens, il ressemble soudain au voyou, au méchant du film, mais le beau méchant, la gouape d'amour qui fait craquer la fille aux cheveux comme des vagues. Il y a entre eux ce soir-là quelque chose que nous n'avions jamais vu et qui nous rend extrêmement heureux ; un peu plus tard, lorsqu'il sort son briquet argenté de sa poche comme il dégainerait un revolver, et qu'elle se penche pour allumer sa cigarette, ils sont Bogart et Bacall, Piccoli et Massari, et nous applaudissons à tout rompre. Nous faisons visiter nos chambres à Olivia, la cuisine, la pièce où se trouve la télévision – C'est une Pizon Bros que papa a louée chez Locatel, il faut gigoter parfois l'antenne pour avoir une image nette et rester à au moins trois mètres, sinon nous pourrions devenir aveugles.

Lorsqu'ils descendent enfin, nous sommes bouche bée. Maman est Gene Tierney, elle est Ava Gardner, elle est Rita Hayworth, cascade de cheveux de feu, longue robe émeraude, soyeuse, au plus près d'un corps insoupçonné, brillants au cou, aux oreilles, les lèvres rouge sang, une cigarette à la main, le poignet cassé, méconnaissable, troublante et vénéneuse, à son bras, papa en Brando, en Gable, en Mitchum, en arsouille de Piaf et de mille autres rêveuses, en voyou de maman, les yeux cernés de noir comme les pirates, bagues aux doigts, clope aux lèvres, tatouages sur les avant-bras, cheveux à la brillantine, subtil fond de teint satiné, blouson noir de motard, même la voisine a la bouche en cœur, les joues rouges en les voyant descendre nous rejoindre dans l'entrée, et tu te précipites vers maman, mais elle t'arrête d'un geste, Attention, tu vas froisser ma robe ! Tu te pétrifies aussitôt et je me demande si tu te demandes alors si la beauté est quelque chose d'intouchable, d'inaccessible, mais non, tu soupires, minois irrésistible, lui murmures qu'elle est belle, qu'elle devrait toujours être habillée comme ça, et elle ébouriffe tes cheveux et se met à rire et son rire est incroyable, il nous donne envie de rire à notre tour, et papa rit aussi, l'embrasse dans le cou, Ah, ne t'y mets pas toi aussi ! s'exclame-t-elle, espiègle, et Olivia, pivoine, y va également de son compliment, Vous êtes également très beau, monsieur, et papa lui sourit et il n'y a rien d'autre dans ce sourire que de la gratitude pour son compliment. Attendez ! crié-je soudain, et je monte deux à deux les marches jusqu'à ma chambre au grenier pour y chercher mon appareil Polaroid SX-70 que vient de m'offrir mon parrain pour mes onze ans et qui est mon bien le plus précieux, je redescends aussi vite, arrive essoufflé, demande à Olivia si elle peut nous prendre en photo tous les quatre et lui explique le maniement simplissime de l'appareil. Papa et maman sont sur la dernière marche de l'escalier, toi et moi devant eux, dans nos robes de chambre en tartan, et, alors que se fait entendre le bruit caractéristique de la photo qui se fabrique, papa couvre d'une étole en fourrure rousse les épaules de maman et, en voyou parfait, noue un bandana autour de son propre cou ; il donne une ou deux dernières instructions à Olivia, nous fait promettre d'être sages, d'aller nous coucher après le feuilleton, de ne pas les attendre, et les voilà dehors, ils montent dans la voiture et s'éloignent ; tandis que nous apparaissons sur le Polaroid que je tiens à la main.

Il a disparu avec tous mes autres trésors d'enfance lorsque le Corbeau a plus tard décidé de vider la maison, d'y éliminer tout de nous, de la vendre et, s'il l'avait pu, je crois qu'il l'aurait brûlée, mais, plus de cinquante ans plus tard, je revois parfaitement ce Polaroid comme il était ce soir-là dans ma pogne de mouflet.

Papa et maman, magnifiques, amoureux, sont sur la

dernière marche de l'escalier, toi et moi devant eux, dans nos robes de chambre en tartan, nous sourions tous. Olivia nous demande de nous resserrer, Encore, encore ! exige-t-elle, et j'aime cette seconde furtive où nos corps se frôlent et où s'épousent nos chaleurs, il me semble ne faire plus qu'un, n'être plus qu'un, un seul souffle, une famille, un arbre, nos sourires s'agrandissent encore et j'entends nos cœurs battre, je sais qu'ils ne s'arrêteront plus, qu'ils sont notre vie promise, le bruit même du bonheur, mais papa est entré un soir dans nos chambres et nos vies ont vrillé.

LE DERNIER POLAROID

#188. Deux doigts de la main.

J'ai récemment appelé ta marraine pour qu'elle me parle de toi, me raconte tes années d'adulte, mais elle n'a rien voulu me confier à part que tout le monde avait souffert à cause de toi, et elle a ajouté, d'une voix mordante, que mes derniers livres étaient *méprisés* dans le Nord, qu'on ne m'y lisait désormais plus, qu'ils avaient fait du mal à la famille – ne trouves-tu pas assez cocasse cette définition à géométrie variable du bien et du mal ? Nous sommes du bon côté de la famille si nous nous coupons la langue, nous cousons les lèvres et nous poignardons les yeux, faute de quoi nous verserons à jamais dans le malfrat et les monstres. Nous sommes des victimes irrémissibles, mon frère. Ici, ce sont les bourreaux qui sont des anges, pas les anges.

Sache que j'ai demandé à nos cousins de m'envoyer deux ou trois souvenirs de toi et nul n'a répondu, sauf une cousine. Elle se souvenait de ta fierté quand tu avais à un moment arrêté l'alcool, elle te trouvait à nouveau très beau, intérieurement aussi, et d'être allé avec elle et ses enfants voir *Mozart, l'opéra rock* – j'ai alors aimé penser qu'il t'avait parfois été donné de goûter aux choses joyeuses du monde, je me suis d'ailleurs demandé si tu regardais des séries télé, as-tu vu *Gomorra*, *Dogs of Berlin*, *Engrenages*, as-tu écouté Arvo Pärt et Keith Jarrett, lu Pagnol et Gómez-Arcos ? Où allais-tu quand tu voulais rire ? Quand tu avais froid ? Ré-écoutais-tu « Fernando » ? Que faisais-tu quand tu ne faisais rien ? Où disparaissait ta curiosité lorsque l'envie s'était évanouie ? Qui essuyait tes larmes ? Qui te donnait de l'amour ? Qui as-tu aimé ? As-tu quand même un peu aimé la vie ?

Demain, je rentre à New York et je t'emmène avec moi.

Un immense merci à Anna Pavlowitch.
Louise Danou,
Nathalie Collard,
Daphné Esménard,
Sandrine Perrier-Replein,
Juliette Duchemin,
Gilles Haéri
et toute la formidable bande de la rue Huyghens.
À Pierre Primeau et au *Jardin d'acclimatation,*
Thérèse Samyn, légère comme une virgule,
Catherine Polette et l'Angleterre
et à la lectrice de Gradignan.
À Blanche et Pablo pour les discussions
à New York sur les frères (et sœurs).
À Marcel Pagnol,
Arvo Pärt,
Raffaello Sanzio,
Leonard Cohen,
Danny Wilde et lord Brett Sinclair,
Edwin H. Land, inventeur du Polaroid,
Anni-Frid Lyngstad, la brune,
et Agnetha Fältskog, la blonde.
Et à Dana, *more than ever.*

DU MÊME AUTEUR

L'ÉCRIVAIN DE LA FAMILLE, Lattès, 2011 (Le Livre de Poche, 2012).

LA LISTE DE MES ENVIES, Lattès, 2012 (Le Livre de Poche, 2013).

LA PREMIÈRE CHOSE QU'ON REGARDE, Lattès, 2013 (Le Livre de Poche, 2014).

ON NE VOYAIT QUE LE BONHEUR, Lattès, 2014 (Le Livre de Poche, 2015).

LES QUATRE SAISONS DE L'ÉTÉ, Lattès, 2015 (Le Livre de Poche, 2016).

DANSER AU BORD DE L'ABÎME, Lattès, 2017 (Le Livre de Poche, 2018).

LA FEMME QUI NE VIEILLISSAIT PAS, Lattès, 2018 (Le Livre de Poche, 2019).

MON PÈRE, Lattès, 2019 (Le Livre de Poche, 2020).

UN JOUR VIENDRA COULEUR D'ORANGE, Grasset, 2020 (Le Livre de Poche, 2021).

L'ENFANT RÉPARÉ, Grasset, 2021 (Le Livre de Poche, 2023).

UNE NUIT PARTICULIÈRE, Grasset, 2023 (Le Livre de Poche, 2024).

LA LISTE 2 MES ENVIES, Albin Michel, 2024 (Le Livre de Poche, 2025, sous le titre MA DEUXIÈME LISTE).

Retrouvez toute l'actualité des éditions Albin Michel
sur notre site albin-michel.fr
et suivez-nous sur les réseaux sociaux.
Instagram : editionsalbinmichel
Facebook : Éditions Albin Michel
X : AlbinMichel
YouTube : Editions Albin Michel

Composition : Nord Compo
Impression : CPI Bussière en avril 2025
Éditions Albin Michel
22, rue Huyghens, 75014 Paris
www.albin-michel.fr
ISBN : 978-2-226-50337-4
N° d'édition : 27776/01 - N° d'impression : 2084097
Dépôt légal : mai 2025
Imprimé en France